KB125803

이제
고양이와 살기
이전의 나로
돌아갈 수 없다

KYOMO ICHINICHI KIMIO MITETA
ⓒMitsuyo Kakuta 2015,2017
First published in Japan in 2017 by KADOKAWA CORPORATION, Tokyo.
Korean translation rights arranged with KADOKAWA CORPORATION, Tokyo through
BC Agency, Seoul.

이 책의 한국어판 저작권은 BC에이전시를 통해
저작권자와 독점계약을 맺은 위즈덤하우스 미디어그룹에 있습니다.
저작권법에 의해 한국 내에서 보호를 받는 저작물이므로 무단전재와 복제를 금합니다.

가쿠다 미쓰요 지음
권남희 옮김

이제
고양이와 살기
이전의 나로
돌아갈 수 없다

위즈덤하우스

차례

- 요컨대 토토는 내 인생의 첫 고양이다   7

- 이 아이는 훌륭하다   17

- 토토에게는 미안하지만, 햄 같아서 좀 귀여웠다   27

- 혹시 토토는 취재를 좋아하는 게 아닐까   37

- 나는 고양이 같은 여자이고 싶은 강아지 같은 여자였다   45

- 어느새 꾹꾹이, 발라당 같은 귀여운 말을 쓰고 있다   55

- 토토는 상자에 들어가지 않는다   65

- 고양이란 대단하다… 나를 이렇게까지 만들다니   75

- 너는 아무나 좋구나…   85

- 나도 비싸고 멋진 통조림을 먹인다고 말해보고 싶다   95

- 사랑이 커질수록 무서운 것이 늘어난다   103

- 이해할 수 없는 일이 남았다 해도   111

- 가장 못난 부분을 은근히 가장 사랑스러워한다   121

- 고양이는 역시 자식이 아니다   131

- 실은 나도 그런 아이였다   141
- 이제 고양이와 살기 이전의 나로 돌아갈 수 없다   151
- 강아지 같은 고양이, 고양이 같은 강아지   161
- 가끔 반항을 한다   171
- 잠든 너의 숨소리를 듣는다   179
- 나에게 와서 그런 고양이가 되었는지도 모른다   189
- 서로 얔보며 가족이 된다   199
- 나의 고양이 기원 전, B.C.(Before Cat) 시절   209
- 네가 나에게 와주었다   219

에필로그 | 너는 그런 생각하지 않을지도 모르지만   226

요컨대 토토는
내 인생의
첫 고양이다

개를 좋아하세요, 고양이를 좋아하세요? 누군가 물을 때마다, 매번 개라고 대답했다. 키운 적은 없지만, 개를 좋아해서 볼 때마다 다가갔고, 만져도 되면 얼른 만졌다. 고양이를 싫어한 건 아니다. 오히려 좋아했다. 하지만 고양이는 사람을 잘 따르지 않고 개는 사람을 잘 따른다. 이따금 슈퍼 입구에 묶여서 가게 안을 주시하며 주인을 기다리는 개를 발견하면 어찌나 사랑스러운지 내 머리카락을 쥐어뜯고 싶어진다. 고양이는 그런 짓을 하지 않는다. 개의 그 단순하고 과

잉한 애정이 나는 더 좋았다.

길을 가다 밖에서 자유롭게 풀어놓고 키우는 고양이나 길고양이를 발견하면 다가가서, 만지게 허락해주는 고양이가 있으면 개와 마찬가지로 만지긴 했다. 자신을 만지게 허락하는 고양이가 있는 길을 기억했다가, 일부러 그곳을 지나가며 고양이를 마음껏 쓰다듬은 적도 있다. 하지만 그것은 뭐랄까, 대체 행위였다. 속마음은 개를 그렇게 만지고 싶었다.

몇 번이고 개를 키우고 싶다고 꿈꾸었다. 지금까지 한 번도 키워본 적이 없어서 선뜻 행동에 옮기지 못했다. 그러나 언젠가 꼭, 이라고 생각했다.

그렇다. 우리 집에 온다면 개이지 고양이는 아닐 거라고, 막연히 생각하고 있었다.

2008년의 일이다.

일 때문에 만화가 사이바라 리에코 씨를 만났다. 나는 20대 초부터 사이바라 씨의 열성 팬이었다. 긴장해서 졸도할 것 같은 상태로 약속 장소에 갔고, 일을 마친 편집자도 합류하여 한잔하게 됐다. 사이바라 씨는 고양이를 키운다고 했다. 암수 두 마리. 엄청 귀엽다고 한다. 당연히 귀엽겠지 생각하면서 얘기를 듣고 있는데,

"우리 고양이, 새끼 낳으면 키우고 싶어요?" 하고 사이바라 씨가 느닷없이 물었다.

헉, 하고 놀라면서도 "키우고 싶어요!"라고 대답하고 있었다. 키우고 싶냐, 키우고 싶지 않냐, 묻는다면 키우고 싶다. 게다가 남편은 어릴 때부터 고양이를 키워서 고양이를 아주 좋아한다. "그럼 줄게요" 하고 사이바라 씨가 말했다. 새끼 고양이를 기다리는 사람이 여섯 명 있으니까, 일곱 번째예요, 라고 했다. 뭐랄까, 내가 만화를 보며 생각했던 것처럼 호쾌한 사람이었다.

그러나 마음 한편으로는 우리 집까진 오지 않겠지, 라고 생각했다. 고양이가 한 번 출산할 때 몇 마리를 낳는지는 모르겠지만, 설마 일곱 마리나 낳진 않겠지. 일곱 번째는 없겠지……. 왠지 모르게 나는 고양이와 인연이 없을 것 같은 예감이 들었다.

어느 날, 사이바라 씨 블로그에 엄마 고양이가 새끼 네 마리를 낳았다는 소식이 올라왔다. 봐, 역시 네 번째 사람한테까지, 라고 생각했다. 그런데 그 후, 엄마 고양이가 또 임신했다는 소식이 올라왔다. 나는 날마다 끊길길 정도로 사이바라 씨의 블로그를 체크했다. 다음 출산은 언제일지. 그리고 몇 마리가 태어날지.

2010년 1월 6일.

사이바라 씨 블로그에 엄마 고양이가 출산을 시작했다는 글이 올라온 것을 봤을 때는 꺄악 하고 소리쳤다. 이때 해산이 힘들어서 좀처럼 나오지 않아, 마지막에 엄마 고양이는 병원에 가서 출산했다. 그 숫자, 세 마리.

일곱 번째가 있다!

……라는 말은 바로!!

태어난 세 마리는 각각 고(일본어로 5라는 뜻—옮긴이, 수컷), 로쿠(6, 수컷), 나나(7, 암컷)라는 임시 이름이 붙은 채 한동안 부모 고양이와 살게 됐다. 사이바라 씨가 나나의 사진을 휴대전화로 보내주어서 나와 남편은 거의 핥듯이 바라보았다. 나나가 오기 전에 이름을 짓자고 서로 이름 후보를 댔다. 네 개의 안이 나온 결과, 남편이 생각한 '토토'로 결정. 의미는 없고, 발음이 귀엽다는 것이 남편의 의견이었다.

고는 찬타라고 이름을 바꾸어서 편집자 부부 집으로, 로쿠는 로쿠라는 이름 그대로 작가인 시라가와 미치 씨 집으로 입양됐다. 마지막까지 남아서 엄마 젖을 먹은 것이 나나다. 마침 내가 3주 동안 출장을 가게 돼서 좀처럼 데리러 가질 못한 것이다.

여행에서 돌아오자마자 고양이 용품을 사러 갔다. 나는 고양이를 키운 적이 없다. 제일 먼저 무엇이 필요한지도 모른다. 남편이 이것저것 고르는 것을 그냥 바라보기만 할 뿐. 그릇. 흐음…… 화장실 모래. 흐음…… 고양이 통조림? 사료? 발톱갈이. 오호. 이동 가방. 과연, 여기에 넣어서 사이바라 씨 집에서 데려오는 건가.

그리고 4월 19일, 나와 남편은 사이바라 씨 댁을 방문했다. 무리 지어 있는 고양이들을 보니 한 마리를 데리고 오는 것이 몹시 미안했다. 사이바라 씨의 따님에게 식사량과 사료 종류에 관한 설명을 듣고, 가장 작은 고양이를 이동 가방에 넣었다. 따님은 나나가 좋아하던 장난감이라며 조그마한 노란색 공을 넣어주었다.

버스 정류장을 향해 밤길을 걸으면서 토토, 하고 불러보았다. 작은 고양이는 너무 큰 이동 가방 속에 조그맣게 웅크리고 앉아서 울지 않았다. 토토, 토토, 남편과 번갈아가며 부르면서 버스를 탔다. 버스가 흔들릴 때, 딱 한 번, 냐옹, 하고 울었지만, 그다음은 줄곧 조용했다.

집에 와서 이동 가방에서 고양이를 꺼냈다. 생후 3개월로 새끼 고양이라고 할 정도로 작진 않지만, 그래도 새끼 고양이다. 남편이 화장실에 데리고 가니 샤아 하고 오줌을 싸고 아장아장 걸어서 주방에 가서 얌전하게 앉았다. 어쩜 이렇게 조용한 고양이가 있담, 하고 나는 가슴 설레며 그 모습을 지켜보았다.

무릎에 올리니 몸을 동그랗게 말고, 작고 작은 머리를 내 손등에 톡 떨어뜨리고 자는 게 아닌가. 지금까지 움직이는 고양이밖에 만진 적이 없는 나는 감동한 나머지 울어버릴 것 같았다. 얼마나 귀여운가. 아아, 얼마나, 얼마나, 얼마나…….

그날, 고양이는 내 베개를 베고 잤다. 눈을 뜨면 고양이가 있었다. 매번 놀랐다. 고양이가 베개를 베고 자서도 놀랐지만, 고양이가 있다는 것 자체에도 놀랐다.

아침이 되자, 토토는 원래 줄곧 그랬던 것처럼 밥을 먹고 물을 마셨다. 남편과 나는 프리랜서지만, 작업실은 따로 있다. 이 아이를 두고 가도 괜찮을까, 걱정하면서 현관을 나가려는데, 어제는 조금도 울지 않던 토토가 야옹야옹, 야오오옹, 하고 안타깝게 울었다. 현관문 밖에서 우리는 울음을 터트릴 것 같은 얼굴로 마주보았다. 어떡하지. 가지 말까. 그렇지만 일이…….

잠시 서로 의논하다 꾹 참고 그대로 나갔다. 결국 그날은 남편이 일찍 일을 마치고 집으로 돌아왔다.

그러나 이삼일 지나니, 토토는 우리가 나갈 때 현관까지 나와서 안타깝게 울지도 않고, 갔다 올게 하고 쓰다듬어주어도 "가거나 말거나" 하는 무관심한 표정을 지었다.

토토는 너무나 자연스럽게 우리 집 고양이가 됐다. 좀 주저

하고, 당황하고 그래야 하는 거 아니냐고 우리가 걱정할 정도로.

그 후로 나는 고양이라는 생물에게 하나하나 놀라게 된다.

토토가 온 뒤 가장 놀란 것은 발소리가 전혀 나지 않는 다는 것. 그런 것도 몰랐다. 주방에서 일하다가 문득 돌아보면 오도카니 앉아 있다. 밟을 뻔한 적도 몇 번이나 있다. 고양이는 이렇게도 소리를 내지 않고 다니는가. 방울을 단 고양이가 종종 있던데, 그건 혹시 집사가 깜짝 놀라거나 밟지 않기 위해 달아놓은 것일까.

그리고 고양이가 노는 모습에도 놀랐다. 공을 던지면 쫓아간다. 끈이 달린 것을 움직이면 쫓아다닌다. 달린다. 점프한다. 헉! 소리가 나도록 높이 점프한다.

던져준 공을 물고 발밑으로 갖고 올 때는 놀란 나머지 "우왓" 하고 소리가 나왔다. 바닥에 툭 떨어뜨리고, 이쪽을 흘끗 본 뒤 시선을 돌린다. 던져주면 또 그걸 물고 온다. 그런 것은 개의 전매특허로, 고양이가 할 줄은 생각지도 못했다.

그리고 운동신경이 둔하다는 사실에도 놀라지 않을 수 없었다. 토토는 공을 쫓아서 다다다다 달려가다 그대로 벽에 얼굴을 쿵 처박는다. 정신없이 달려서 끼이익하고 체육관에서 운동화 끌리는 소리를 내면서 모퉁이를 돌아 방향 전환을 했지만, 이미 늦어서 벽에 옆구리를 부딪쳤다. 밤에는 곧잘 내 옆에 와서 자지만, 한번은 돌아눕던 토토가 그대로 바닥에 떨어지는 걸 목격했다. 그것도 앞발로 허공을 허우적거리면서 떨어졌다. 식탁에서 자다가도 마찬가지로 떨어진 적이 있다. 우리가 먼저 알아차리고 떨어지기 직전에 받아준 적도 있다. 고양이는 민첩한 생물이라고 생각했는데 말이다.

"고양이는 의외로 운동신경이 둔하네." 그 놀라움을 말했더니, "아냐, 토토만 그래……"라고 집사 경력이 오랜 남편이 대답했다. 그런가. 앞발로 허공을 허우적거리면서 침대에서 떨어져, 등을 세게 부딪치는 고양이는 그리 일반적이지 않은 건가…….

요컨대 토토는 내 인생에서 처음으로 인연을 맺은 고양이다.

이
아이는
훌륭하다

고양이가 이렇게도 놀기 좋아하는 생물인 줄은 몰랐다. 고양이에 무지한 내가 생각하는 고양이 이미지는 종일 새침하게 앉아 있거나 자는 것이었는데, 토토는 놀고, 놀고, 또 놀고. 그것도 격렬하게 놀고 싶어서 어쩔 줄 모른다. 펄쩍펄쩍 점프하고 다다다닥 뛰고 싶어서 좀이 쑤신 것 같다.

공을 던지면 물고 와서 더 해줘, 하고 조른다. 던져주면 또 물고 온다. 끝이 없다. 끈으로 놀아주면 펄쩍 점프한다. 놀라울 정도로 높이 점프한다.

그 주제에 운동신경이 둔해서 벽에 얼굴부터 처박거나 높은 곳에서 뚝 떨어진다. 위험하기 짝이 없지만, 토토는 부딪혀도 떨어져도 창피해 하지도 않고 민망해 하지도 않고 아무 일 없었던 것처럼 "놀아줘"를 반복한다. 터프하게.

토토가 우리 집에 와서 반년 정도 지난 어느 날. 원하는 대로 실컷 놀아주고 있는데, 토토가 입을 벌리고 숨을 학학 거칠게 쉬었다. 어머, 개만 그런 게 아니라, 고양이도 이러는구나, 하고 고양이에 무지한 나는 가볍게 생각했다. 집사 경력이 오랜 남편도 "특이하지만, 토토는 원래 여러모로 다른 고양이와 달라서……" 하고 토토의 그 기묘한 호흡법을 이렇게 생각해야 좋을지 모르는 모습이었다.

토토의 오빠, 옛날 이름 고의 집사인 편집자에게 "고도 그런 식으로 호흡해요?" 하고 물어보니, 그러지 않는다고 했다. 덧붙여서 혹시 모르니 동물병원에 데려가 보는 게 좋지 않겠느냐는 조언을 해주었다.

그리하여 처음으로 토토를 동물병원에 데리고 가게 됐다. 병원은 여러 가지를 고려한 끝에 가장 가까운 동물병원으로 정했다. 토토의 외출은 우리 집에 오던 날에 이어 두 번째.

이동 가방에 넣어서 조심조심 밖으로 나왔다. 역 앞을 지나갔다. 우리 집에 오던 날은 전혀 울지 않던 토토가 야옹야옹 울었다. 괜찮아, 괜찮아, 달래면서 천천히 걸었다.

무사히 도착해서 검사를 받게 됐다. 피 검사를 하느라 주사를 꽂을 때, 원장 선생님은 "가끔 놀라서 엄청나게 큰 소리를 내는 고양이가 있답니다. 이 아이가 소리를 지르더라도 놀라지 마세요" 그렇게 미리 설명하고 주사를 놓았다. 세상에, 선생님 말대로 토토는 들은 적도 없는 큰 소리로 "냥!" 하고 울었다.

검사 결과, 토토는 보통 고양이보다 심장이 크다는 것을 알았다. 토토는 아메리칸 쇼트헤어라는 묘종인데, 이 종에 유전적으로 많은 현상이라고 한다. 혈액이 걸쭉해지기 쉽고, 최악의 경우는 혈전이 생겨서 발작을 일으킨다. 심장이 작아지게 할 수는 없지만, 격한 놀이 시키지 않기, 체중 늘리지 않기로 발작을 막을 수 있다. 매일 먹이는 약을 처방 받고서야, 비로소 그곳이 한방 동물병원이란 걸 알았다. 약은 한방약이었다.

실은 토토를 병원에 데리고 가기 전까지, 반려동물이 언젠가 세상을 떠난다는 사실을 제대로 생각해본 적이 없었다. 물론 머리로는 알고 있다. 동물의 수명은 사람보다 훨씬 짧다. 그러나 실감이 나지 않았다. 이해하지 못했다.

심장에 관한 설명을 들을 때, 나는 그 자리에서 뜬금없이 울었다. 울 생각은 전혀 없었고, 나이도 먹을 만큼 먹어서 흉하다는 것도 알고 있는데, 저절로 물방울이 눈에서 떨어졌다. 선생님은 좀 당황스러웠을 텐데도, 심장이 나빠도 오래 사는 고양이는 많이 있어요, 하고 말해주었다. 집고양이는 병도, 집도, 스스로 선택해서 태어나는 거라고 생각해요, 라는 말도.

설명을 듣고 병원에서 돌아오는 길, 몇몇 친구 얼굴이 떠올랐다. 개와 고양이를 키운 경험이 있고, 지금도 키우는 사람들이다. 이 친구도, 그 친구도, 소중한 생명을 보내는 경험을 했겠구나, 처음으로 그런 생각을 했다. 함께 사는 조그마한 생물이 병에 걸려도 학교나 직장에 가야 했을 테지. 그러다 이별이 찾아왔을 때, 분명 울고 또 울었을 테지. 그러나 역시 학교나 회사에 가야 하니 쉬지도 못하고, 친구들과 애써 웃으며 얘기하고, 집에 가서 또 울고, 울고, 울었을 테지. 그렇게 모두 어른이 되고, 또다시 새로운 생물을 맞이하여 함께 살고 있구나. 대단하네. 정말로 대단해. 진심으로 그렇게 생각했다.

처방받은 약은 세 종류였다. 하나는 가루를 물에 녹여서 스포이트로 먹이는 것. 다른 하나도 가루지만, 이것은 소량의 물로 뭉쳐서 고양이 입에 쏙 넣어주는 것. 세 번째는 알약으로, 갈아서 밥에 섞는 것. 그날부터 시키는 대로 토토에게 약을 먹였다.

토토는 정말로 얌전하고 말귀를 잘 알아듣는 고양이여서 약도 싫어하지 않고 잘 먹었다. 이 아이는 훌륭하다, 정말로 훌륭하다, 객관적으로 봐도 훌륭하다고 남편과 함께 찬양하지 않을 수 없었다.

약을 먹이는 스포이트는 주방에 두었는데, 이삼일이 지나면 없어졌다. 오잉? 어디에다 두고 잊어버렸나, 하고 새것을 꺼내서 쓴다. 그러면 또 없어졌다. 혹시 토토가 장난감으로 착각해서 갖고 노는가 하고, 주위를 찾아보았지만 없었다. 그러던 어느 날, 발견했다. 없어진 스포이트들을!

토토의 화장실 뒤에는 소형 스테인리스 선반이 있는데, 청소를 하려고 이 선반을 치웠더니 웬걸 스포이트 세 개가 나란히 있는 게 아닌가. 토토가 열심히 숨겼던 것이다. 으음, 토토야. 그렇게 얌전하게 약을 먹었지만, 사실은 너무 싫었구나.

그러나 약보다 가여운 일은 토토가 제일 좋아하는 격렬한 놀이를 해주지 못하는 것이다. 나이를 좀 더 먹으면 얌전해지겠지만, 아직 한 살, 한창 놀고 싶을 나이. 게다가 운동신경이 둔한 주제에 점프하거나 달리는 것을 너무 좋아한다. 공을 물고 와서 톡 떨어뜨리고, 냐옹, 하고 울면 가슴이 찢어질 것 같다. 고양이에 무지한 나는 그저 어쩔 줄 몰라 하며 참자고 토토를 달랠 뿐.

그래서 역시 토토를 가엾게 생각한 남편이 다양한 장난감을 만들어주었다. 과연 집사 경력이 긴 만큼, 돌아다니지 않고도 고양이가 몰두할 수 있는 놀이를 잘 알고 있었다. 빨대를 잘

라서 실로 묶은 것. 기타 피크 한가운데 구멍을 뚫어서 실을 통과한 것. 종이를 공처럼 뭉쳐서 손전등에 감은 것(방에 불을 끄고, 종이를 통과한 빛을 벽에 비춘다). 주위에 있는 물건으로 다양한 장난감을 만들어서 좁은 공간에서 놀았다. 오호라, 달리지 않아도 점프하지 않아도 얼마든지 놀 수 있구나.

몇 주가 지나자, 토토는 스포이트를 숨기지 않게 됐다. 약도 싫어하지 않고 얌전하게 먹었다. 어쩌다 토토가 맹렬히 달릴 때는 방문을 닫아서 달리는 거리를 짧게 하고 흥미를 끌 다른 놀이를 한다. 우리도 토토도 익숙해졌다.

몇 달 뒤, 토토가 발정기를 맞아서 남편과 의논 끝에 중성화 수술을 하기로 했다. 그래서 다시 토토를 병원에 데리고 가게 됐다.

이동 가방에 넣어서 밖으로 나왔다. 토토는 울지 않았지만, 어디에 가는지 아는 것처럼, 병원이 가까워지자 이동 가방 바닥에 찰싹 붙어서 없는 척했다. 괜찮아, 괜찮아, 하고 달래면서 걷는다. 고양이와 말이 통한다면 좋을 텐데 하는 생각을 진지하게 했다. 싫어하는 아이를 병원에 데리고 가는 부모는 이렇게 고통스러운 기분일까, 아니, 더 고통스럽겠지, 그런 생각을 처음으로 했다.

병원에 도착해서 차례가 되어 진료실로 들어갔다. 진찰대에 올리자, 선생님에게 등을 돌리고 배를 진료대에 찰싹 붙인 채 미동조차 하지 않았다. 선생님이 부드럽게 말을 걸면서 쓰다듬자, 선생님에게도 아니고 내게도 아닌 벽을 향해 아주 작고 작은 소리로 "앙"이라고 했다.

오옷? 이거 지금 토토, 화낸 건가. 다른 고양이가 "앙" 하고 화내는 건 본 적 있지만, 토토의 "앙"은 본 적이 없었다. 토토도 화를 내는가. 그러나 왜 벽을 향해 그렇게 작은 소리로! 선생님도 "이렇게 작은 소리로 앙, 하다니!" 하고 엉겁결에 웃음을 터트렸다.

이날, 토토는 중성화 수술을 받고, 처음으로 병원에서 하룻밤을 보내게 됐다.

토토가 집에 온 지 아직 1년도 되지 않았을 때이고, 토토는 좀처럼 울지 않고 소리도 내지 않는데, 토토가 없는 집은 음산할 정도로 고요했다. 그 음산하고 고요한 집에서 나와 남편은 우리 집에 온 아이가 토토여서 다행이다, 정말 다행이다, 운동신경이 둔하고 심장이 나쁘고 스포이트를 감추고 그렇게 작은 소리로 화를 내는 그 고양이여서 정말로 다행이다, 하고 완전 바보처럼 했던 말을 하고 또 했다.

남편이 장난감을 만들기 시작하면
재빨리 알아차리고 완전 가까이에서 대기

두근두근 설레며 서서 보고 있다.

좀처럼 완성되지 않아서
졸린 토토…
그래도 보고 있다.

이제 한계일 정도로 졸려서 반쯤 꿈속이지만
오른쪽 눈을 반쯤 뜨고 남편을 보고 있다.

그리고 드디어 완성!
새 장난감!

**토토에게는 미안하지만,
햄 같아서 좀
귀여웠다**

중성화 수술을 받은 토토는 엘리자베스 칼라를 하고 집에 돌아왔다.

엘리자베스 칼라! 동물을 키운 적 없던 나도 알고 있는, 얼굴을 빙 둘러싼 동그란 것! 토토가 한 칼라는 투명한 바탕에 핑크로 그림을 그려놓은 귀여운 것이었다.

토토, 어서 와, 어서 와, 하고 집으로 데리고 돌아왔다. 토토는 병원에서 하룻밤을 잤는데도, 엘리자베스 칼라를 쓰고 있는데도, 전혀 화를 내는 기색이 없다. 그저 상황을 받아들이고 얌전히 있었다. 토토는 정말로 어떤 현실이든 다 받아들이고 용서한다. 혹시 이 '받아들이는' 것은 토토뿐만이 아니라 모든 고양이의 특성일까.

이날, 고생한 토토를 위해 남편이 생선회를 사 왔다. 토토는 처음 먹는 회다. 얼마나 감격할까 하고 먹는 모습을 지켜보았지만, 허둥대지 않고 호들갑 떨지 않고 담담하게 다른 사료나 마찬가지로 먹었다. 그런데 제일 먼저 회를 다 먹은 걸 보면 맛있긴 맛있었던 모양이다.

토토의 운동신경이 둔한 것은 앞에서도 썼다. 엘리자베스 칼라를 달고 이틀째, 사흘째가 돼두 토토는 칼라에 익숙해지지 못했다. 칼라 테두리를 어딘가에 부딪히기도 하고 똑바로 걷질 못했다. 밤에 잠이 살포시 들려고 할 무렵, 멀리서 탁, 탁, 하는 소리가 점점 가까워졌다. 처음에는 뭐지, 하고 무서운 생각이 들었지만 그것은 토토가 칼라를 여기저기 부딪히면서 천천히, 천천히 이쪽으로 오는 소리였다.

수술 후 경과를 보기 위해 다시 병원에 갔다. 칼라를 뗄 계획이었다. 하지만 토토는 수술 자리를 핥았던 듯 배가 좀 곪았다. 칼라가 짧았네요, 하고 선생님은 토토의 칼라 바깥쪽에 투명 테이프를 덧붙여서 한 치수 더 크게 만들어주었다. 칼라는 떼지 못했다. 선생님은 수술 후 먹는 약과 곪은 배에 바를 연고를 처방해주었다.

한 치수 커진 칼라를 달고 토토는 집에 왔다. 또 불쌍해서 생선회를 잘라주었다. 토토는 커진 칼라도 받아들이고 조용히 생선회를 해치우더니, 평소 먹던 밥을 먹었다. 탁, 탁 소리도 계속.

한 치수 커진 칼라여서 이번에는 배를 핥지 못할 거라고 생각했지만, 토토는 몇 번이나 핥으려 했고, 그때마다 칼라 테두리가 배에 닿았다. 곪은 배가 좀처럼 낫지 않았다. 낫기는커녕 더 심해지는 것으로 보였다.

나와 남편은 고민 끝에 토토의 배를 보호할 고양이 옷을 만들기로 했다. 이것도 아니네, 저것도 아니네, 하는 시행착오를 거쳐 꼼꼼한 작업이 특기인 남편이 종이 본을 떴다. 낡은 손수건에 종이 본을 대고 오려서 여기저기 꿰매서 이어 붙였다. 아기들 배가리개 같은 것이 완성됐다.

토토의 배를 가리듯이 입혀보았지만, 끈으로 묶은 어깨 부분이 스르륵 풀려버렸다. 몇 번이나 모양을 바꿔가며 만들어 보았지만, 모두 실패. 한두 살짜리 아기도 입지 못할 탱크톱 같은 것이 여러 장 생겼지만, 전부 쓰지 못했다.

걱정이 돼 미칠 것 같아서, 다음 날 반려동물 용품점에 가서 소형견 옷을 찾아보았다. 그러나 토토가 입을 만한 것은 없었다.

인터넷에서 찾으니 웬걸 '환묘복'이란 것을 파는 게 아닌가. 뭐야, 진작 찾아볼걸. 인터넷은 대단하다. 나는 얼른 그걸 주문했다.

환묘복이 도착하기 전에 동물병원 진찰이 있었다. 여전히 노랗게 곪아 있는 토토의 배를 보더니, 아무래도 핥는가 보군요, 하고 말한 선생님은 절대로 핥지 못하도록 배에 거즈를 대고, 하얀 그물망을 네 다리에 쏙 끼워주었다.

그렇게 드디어 칼라를 뺐다.

칼라와 마찬가지로 토토는 이 그물망도 싫어하지 않고, 입히는 대로 가만히 있었다. 칼라보다는 이쪽이 차라리 편해 보이기도 한다. 그리고 토토에게는 미안하지만, 그물망 입은 모습이 추석이나 설 선물로 들어오는 햄 같아서 좀 귀여웠다.

그리고 얼마 후에 환묘복이 도착했다. 작은 꽃무늬가 있는 귀여운 것이었지만, 그물망이 있어서 입을 일이 없어졌다.

그물망 덕분에 토토의 배는 급격히 좋아져서, 며칠 뒤에는 그물망도 벗겼다. 처음에는 빨갛다가, 점점 노랗게 곪았던 배가 예쁜 핑크로 돌아왔다. 그 예쁜 핑크도 이윽고 보들보들한 털로 가려져서 우리는 진심으로 안도했다.

고양이는 중성화 수술을 하면 식욕이 증가한다고 들었다.

지금까지 토토는 밥에 관심이 없어서 밥을 달라고 요구하는 일도 없고, 밥그릇에 제대로 붙어서 먹는 일도 없었다. 밥을 준비하면 대개 반 이상 남겼다가, 마음이 내키면 깨작깨작 먹는다. 다 먹는 법 없이 매번 남겼다.

그래서 토토는 중성화 수술 후에도 별로 달라지지 않을 줄 알았다.

오산이었다. 토토도 예외 없이 먹보가 됐다. 주방에 가면 밥을 준비하는 줄 알고, "걷다보니 주방에 와버렸네" 하는 얼굴로 다가와서, 내가 보이는 위치에서 뒹군다. 뒹굴며 양손으로 머리를 감싸는 귀여운 자세를 한다.

"토토, 밥 아직이야" 일러주고, 사람이 먹을 밥 준비를 시작하면, 이번에는 다리에 몸을 쓱쓱 비빈다.

이윽고 밥 시간이 되어, 약을 먹이고 고양이용 통조림을 따면, 좀처럼 울지 않는 토토가 나를 똑바로 올려다보며 "냐옹" 하고 작은 소리로 운다. 네네, 밥 준비 됐습니다, 하고 밥 접시를 정해진 위치에 갖고 간다. 토토는 고개를 가로저으면서 따라와서 먹기 시작한다(토토는 기쁠 때, 흥분할 때, 왠지 도리도리하듯이 고개를 가로젓는다).

토토는 편식이 심해서 식욕이 증가하는 중성화 수술 후에도 마음에 들지 않는 것은 절대 한 입도 먹지 않았지만, 좋아하는 통조림을 주면 일이 분 만에 깨끗하게 해치운다. 그리고 빈

접시를 앞에 두고 "인제 없네……" 하는 얼굴로 이쪽을 흘끗 본다. 그건 네가 지금 다 먹었기 때문이야, 라고 말하니 냐옹하고 조그맣게 운다.

수술 후 경과를 보러 병원에 가니, "어머나" 하는 선생님. "어머나, 토토, 어째 커진 것 같네." 몸무게를 재보니 3킬로그램이었던 토토가 4킬로그램을 조금 넘었다. 병원이 정말 싫은 토토는 또 아무도 없는 벽 쪽을 향해 조그맣게 "하악" 하는 소리를 냈다. 하악할 때가 아니야, 너 그렇게 살이 쪘었냐.

집에 돌아와서 뒹굴고 있는 토토를 보니 확실히 배 둘레가 불룩하다. 식탁과 의자 테두리에 얼굴을 걸치고 있으면 턱이 축 늘어진다. 토토는 얼굴이 작아서 얼굴만 보고 있으면 살이 쪘다는 게 보이지 않는다. 그러고 보니 사람도 얼굴이 작으면 살이 쪄도 좀처럼 알아차리지 못하네. 나도 얼굴 좀 작았으면 좋겠다고 몇 번이나 생각했던가. 그런 생각을 하면서 팽창한 토토를 본다.

토토의 지병에 비만은 큰 적이다. 게다가 격렬한 운동은 해서 안 되니, 운동으로 체중을 조절하기도 어렵다.

좋았어. 우리는 밥을 줄이기로 했다. 지금까지 먹는 양에서 30퍼센트를 줄이기로 했다. 고양이 통조림을 살 때는 항상 칼로리도 체크하게 됐다. 토토가 좋아하는 브랜드는 칼로리가 낮아서 다행이었다. 통조림 중에는 한 개에 120칼로리인 것도 있다.

밥 양이 적어진 것을 눈치챘는지 어쨌는지, 토토는 자기가 좋아하는 밥이면 전보다 더 빨리 해치우고, "이제 없어……"를 되풀이한다. 심지어 밥을 먹지 않은 척까지 하게 됐다. 내가 밥을 주고 나간 뒤, 남편이 돌아온다. 그러면 토토는 달려들어서 "미야옹" 하고 달라붙으며, 유도하듯이 밥 있는 곳으로 향한다. 밥을 아직 안 먹었다고 생각한 남편이 밥을 주면, 마치 줄곧 '기다려'를 하고 있었던 것처럼 달려들어서 먹는다. 이런 일이 몇 번 계속되던 어느 날, 우리는 "밥은 이미 주었으니 속지 않도록", "토토는 아직 밥을 먹지 않았습니다" 등등을 서로 전달하게 됐다.

토토도 연기의 달인이 된 것이다.

나는 보았다…….
토토가 거울 앞에서

불만스러운 자세와
배고픈 표정을 연습하는 것을……!!

토토 무서운 녀석……!
제일 좋아하는 건조 닭가슴살을 올려둔
선반을 올려다보고 있다!

찌-릿

그리고 이것이 연습의 성과!
배고픈 얼굴

혹시 토토는
취재를
좋아하는 게 아닐까

　　고양이를 키우는 편집자가 고양이 취재
를 하고 싶다고 했다. 월간지 시리즈로 반려동물과 집사의 사
진과 짧은 인터뷰가 실리는 페이지 같았다. 그럼요, 그럼요, 하
고 흔쾌히 승낙했다.

　토토가 아직 한 살도 되지 않았을 즈음이었다. 편집자와
작가, 고명한 사진기자와 그 조수 등 여러 명이 우리 집에 왔다.
토토는 우리 집에 왔을 때부터 낯가림도 없고 인터폰이 울리
면 제일 먼저 현관으로 뛰어나가는 고양이였다. 이때도 갑자

기 나타난 많은 사람과 많은 기재에 전혀 주눅 들지 않고 가까이 가서 냄새를 맡고, 낯선 사람의 바지에 발톱을 갈려고 했다.

토토는 안는 것을 싫어해서 안고 사진을 찍지 못한다. 사진기자의 지시로 토토는 캣타워에 앉고, 내가 그 옆에 섰다.

놀랍게도 토토는 의젓하게 앞발을 세우고 카메라를 향해 그대로 꼼짝하지 않고 있는 게 아닌가. 지금 아주 유명한 사진기자에게 찍히고 있다는 것을 아는 것처럼.

촬영은 바로 끝나고 기재를 정리하는 동안에 작가가 인터뷰를 했다. 토토는 식탁에서 마주앉은 그 작가의 무릎에 펄쩍 올라가서 동그랗게 몸을 말았다. 깜짝 놀랐다. 우리 무릎에는 절대 그렇게 앉지 않으면서.

혹시 토토는 취재를 좋아하는 게 아닐까…….

취재 후, 편집자와 식사를 하러 갔다. 이야, 토토, 대단하네요, 하고 연신 감탄했다. 그의 집 고양이는 심하게 낯을 가려서 다른 사람이 있으면 모습을 보여주지 않는다고 한다. 그와 아내가 여행을 가 있는 동안, 그의 형제가 고양이에게 밥을 주러 왔지만, 한 번도 모습을 보지 못했다고 한다.

고양이 성격이 그렇게 다양한가……. 집사 경력이 없는 나는 또 놀란다. 그러고 보면 친구 집에 가도 나오는 고양이와 나오지 않는 고양이가 있었던 생각이 난다. 하지만 고양이에게 특별히 관심이 없으면 '나오지 않는 고양이'는 보이지 않으니까 신경 쓰이지 않는다. 그러나 지금 생각하니 그 '나오지 않는 고양이'는 어딘가에서 줄곧 숨을 죽이고 있었던 것이다. 모르는 사람이 돌아갈 때까지.

카메라 앞에서 멋지게 자세를 취하고, 모르는 사람 무릎에 올라가는 토토가 절대 일반적인 고양이가 아니란 걸 또 배운다.

반려동물을 기른 적이 없어서 몰랐던 것 중에 반려동물 잡지, 반려동물 기사의 존재다. 물론 알고는 있었다. 다만 그리 흥미를 갖지 않았을 뿐.

그래서 고양이 인터뷰 의뢰가 심심찮게 들어와서 놀랐다. 다양한 잡지가 있고, 다양한 기사가 있었다. 고양이 얘기만 싣는 잡지도 많고, 고양이 만화만 실린 잡지도 있었다. 그리고 이따금 그런 잡지에서 토토에게 인터뷰 의뢰가 들어왔다. 나는 대체로 수락한다. 토토가 인터뷰를 즐기는 것 같기 때문이다.

토토는 처음 취재를 받을 때처럼 현관까지 나가서 취재진을 맞이하고, 복도를 걷는 취재진의 다리에 몸을 비비고, 카메라 앞에 자리를 잡았다.

딱 한 가지 토토가 일관되게 싫어하는 것이 있다. 내게 안기는 걸 싫어한다. 원래 토토는 내게 좀처럼 안기질 않는다. 남편이 안으면 꼼짝 않고 얌전하게 있다. 안는 법이 서툰 건가 하고 몇 번이나 배웠지만, 어느 날 깨달았다. 토토는 남편에게는 안아도 된다고 허락하지만, 내게는 허락하지 않는다. 안는 법이 문제가 아니라, 관계성 문제다.

그러나 대부분 인터뷰에서는 집사가 고양이를 안고 웃어주세요, 이런 요구를 한다. 한 번은 꼭 그런 그림을 찍고 싶다고 해서 어떻게든 안아보려고 애쓴 적이 있다. 토토가 싫어하는 일은 강요하고 싶지 않아서, "아마 5초 안에 팔에서 빠져나갈 테니 그동안에 얼른 찍어주세요"라고 사진기자에게 당부하고 꽉 껴안았다. 그걸 몇 번 되풀이했지만, 잡지에 실린 사진을 보니 토토는 정말로 싫었던지 얼굴이 퉁퉁 부어 있다. "평소에는 더 귀여운데⋯⋯" 하고 그 사진을 보며 중얼거리는 나는 완전히 고양이 바보다. 그 후로 안고 찍는 사진 없기, 라는 조건으로 의뢰를 받게 됐다.

남편도 역시 고양이 인터뷰를 받을 때가 있다. 인터뷰 기사를 보니, 어머, 토토는 남편에게 안겨서 아주 사랑스러운 표정을 짓고 있는 게 아닌가. 나한테는 이런 표정을 절대 짓지 않는다.

사진기자는 고양이의 개성을 순간 포착함과 동시에 집사와 고양이의 관계도 순간 포착하는구나, 하고 그 사진을 보며 생각했다. 토토는 누구는 따르고 누구는 따르지 않는 타입의 고양이가 아니라, 두 사람에게 똑같이 애교를 부린다. 게다가 토토는 배려심 있는 고양이여서 남편에게 찰싹 붙어서 애교를 부릴 때 내가 방에 들어가면, 얼른 남편 무릎에서 내려와서 냐옹, 하고 내 다리에 몸을 비빈다. 두 사람을 평등하게 대하고 있어요, 라고 말하듯이. 하지만 남편에게는 남편대로 토토와의 관계성이 있고, 내게는 나대로의 관계성이 있다. 그리고 그건 다른 형태의 것이라는 걸 사진을 보며 깨달았다.

고양이를 인터뷰하러 오는 사람들은 작가도 편집자도 사진기자도 대부분 동물을 키우고 있거나 키웠던 사람이다. 모두 고양이 다루는 법을 안다. 토토에게 선물을 주는 사람들도 많다. 깃털 장난감이라든가 던지면 여러 방향으로 튀는 공이라든가. 우리는 토토에게 좀처럼 장난감을 사주지 않아서, 우리 집에 있는 제대로 된 장난감은 전부 이렇게 선물 받은 것들이다. 제대로 되지 않은 장난감이란 슈퍼에서 주는 비닐봉지를 뭉친 것이나 빨대를 끈으로 연결한 것 등 직접 만든 것들이다.

그리고 내가 매번 놀라는 것은 사진이다. 어쩜 이렇게 예쁘게 찍을까 감탄한다. 기술만은 아니다. 사랑이다. 작은 생물을 향한 사랑이 사진에서 배어 나온다. 취재 후, 기사에 사용하지 않은 것을 포함하여 사진을 보내주는 경우도 많은데, 보고 깜짝 놀란다.

내가 아는 토토보다 아름다운 토토가 있거나, 나와 남편 밖에 모를 토토의 방심한 얼굴이 있거나, 나도 모르는 애교 자세를 취하는 토토가 있다. 그런 토토의 모습 너머에 찍는 사람이 사랑하는, 혹은 예전에 사랑한, 말을 나누지 않고 함께 지낸 작은 생명이 얼핏 보이는 것 같아서 보다가 울 때도 있다.

사진기자의 말에 진심으로 놀란 적도 있다. 토토를 쫓아다니며 사진을 찍고 있는데, 토토가 화장실에 갔다. 사진을 찍는데도 예사로 볼일을 보고 있었다고 한다. "볼일 보는 걸 찍게 해준 고양이는 처음입니다!" 하고 감격스럽게 말했다. "어머, 고양이는 사람 앞에서 볼일 보지 않아요?" 하고 또 나는 놀랐다.

이런 식으로 두려움이 없는 토토였지만, 두 살이 지났을 즈음부터 왠지 인터폰 소리가 나면 그늘로 숨어버리게 됐다. 그런 일은 한 번도 없었는데 딩동, 하고 울리자마자 몸을 낮추고 엉덩이를 흔들며 소파 밑이나 침대 밑으로 숨는다. 그러고 보면 인간 중에서도 아주 사교적인 아기였다가, 자아가 싹튼 순간 낯가림을 하는 아기가 있지, 토토도 그런가 보다, 생각했지만, 희한하게 토토가 숨어 있는 시간은 이삼 분 정도. 이내 다시 호기심에 졌다는 듯이 슬금슬금 나와서 손님 양말 냄새를 맡고, 바지에 발톱을 간다.

최근에는 내가 인터뷰할 때도 토토는 일단 숨는다. 요전에도 그랬다. 그러다 이내 나와서 기재 냄새를 맡고, 꼬리를 곧추세우고 낯선 사람들 사이를 누비며 걸어 다닌다. 어시스턴트 청년의 허리춤에 펄쩍 달려들기도 했다.

그리고 카메라 렌즈가 향하는 쪽으로 자연스럽게 이동한다. 사진기자가 토토가 아니라 방을 찍고 있으면 마치 확인이라도 하듯이 나를 슬쩍슬쩍 본다.

그러다 내 사진을 찍을 차례가 되면 또 자연스럽게 다가온다. 식탁에 앉아 있으면 식탁에 올라와서 가로질러 간다. 식탁 구석에 턱 하니 앉아서 털을 고르기 시작한다. 촬영 욕심이 강하다.

그래서 토토 인터뷰도 아닌데, 토토가 당당하게 카메라를 바라보는 사진이 많다.

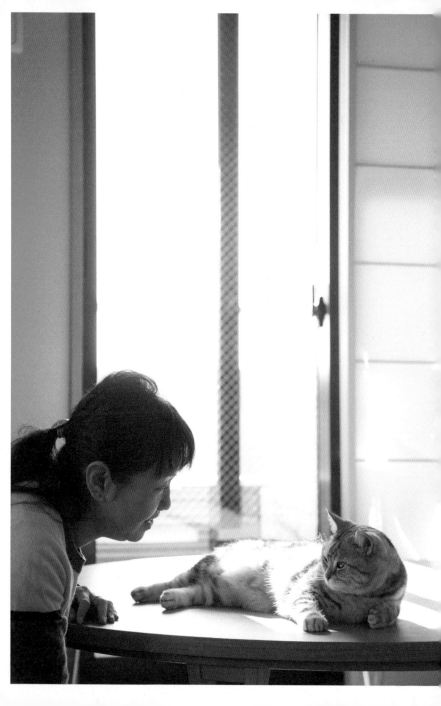

**나는 고양이 같은
여자이고 싶은
강아지 같은 여자였다**

고양이한테 놀랄 일은 많이 있지만, 고양이가 너그럽다는 사실에 특히 놀랐다.

고양이는 변덕쟁이에다 제멋대로이고, 요구가 많고, 그러면서 사람의 요구에는 응하지 않고, 새침하다고 믿고 있었다.

'강아지 같은 여자', '고양이 같은 여자'라는 표현을 할 때, 전자는 온순하고 애정이 많고 후자는 제멋대로이고 사람을 멋대로 휘두른다는 의미일 때가 많다. 젊은 시절, 나는 고양이 같은 여자이기를 진심으로 바라는 강아지 같은 여자였다.

개나 고양이를 키운 적 없는 사람은 그런 식으로 개와 고양이를 나란히 놓고 대극이라고 믿는 경향이 있다. 개는 얼마든지 주인을 기다리지만, 고양이는 1초도 기다리지 못한다고 생각했다. 개는 외로움을 타고, 고양이는 외로움을 즐긴다고 생각했다. 개는 안아도, 쓰다듬어도, 뭘 해도 허락하고, 고양이는 건드리지 않길 바랄 때 닿기만 해도 화를 낸다고 생각했다.

이것도 역시 내 편견이었던 것 같다. 개와 고양이를 대극으로 생각하다니, 옛날 남자들의 여성관이나 마찬가지다. 개 같은 고양이가 있는가 하면 고양이 같은 개도 있고, 분명 토끼 같은 개도 코끼리 같은 고양이도 있을 것이다.

토토는 화내지 않는다. 집에 오던 날 정말로 조용히 온 것은 이미 썼지만, 그 후에도 줄곧 조용했다. 큰 소리로 울지 않고, 하악질도 하지 않는다. 발톱을 세우는 일도 없다.

이동할 때, 소리가 나지 않으니 곧잘 부딪힐 때가 있다. 나는 부딪힌 것이지만, 토토 입장에서는 걷어차인 느낌일 것이다. 하지만 찍소리도 내지 않고, 졸졸졸 그 자리를 떠난다. 토토, 미안, 미안, 차서 미안해, 하고 쫓아가서 사과해도 부딪힌 일은 이미 잊어버린 듯이 "?" 하는 얼굴로 나를 올려다본다.

물이 든 용기를 나르다가 토토가 내 다리에 걸려서 물을 토토 등에 엎지른 적이 있다. 토토는 깜짝 놀랐지만, 역시 항의도 하지 않고 졸졸졸 방으로 갈 뿐.

자는 토토의 배와 등에서는 무언가 이상한 쾌락 물질이 나온다. 나는 곧잘 거기다 얼굴을 푹 묻는다. 행복해진다. 토토는 그렇게 얼굴 묻는 것을 좋아하지 않는다. 그러나 토토여서 슬그머니 몸을 뒤집거나 누운 위치를 바꾸어서 얼굴을 떼어낸다. 하지만 가끔 그런 것도 귀찮은지, 얼굴을 묻어도 움직이지 않을 때가 있다.

토토는 매번 같은 공을 물고 "놀아줘" 하고 오지만, 일손을 놓을 수 없어서 요구에 응하지 못할 때가 있다. 미안, 토토, 지금 바빠, 하고 말하고 그대로 작업을 계속한다. 토토는 더 이상 재촉하지 않고 공을 발밑에 내려놓은 채 물끄러미 나를 보다가, 문득 돌아보면 공만 내려놓고 복도에서 자고 있다. 포기한 것이다.

변덕쟁이도 아니고 제멋대로도 아니고, 요구만 하지도 않고, 새침 떨지도 않는다! 뿐만 아니라, 토토는 대부분 받아들여주고 용서해준다. 받아들여주고 용서한다는 것은 고양이의 특성인가, 아니면 토토의 개성인가.

처음에는 약을 먹을 때 스포이트를 숨겼던 토토지만, 한 달이 지나자 전면적으로 받아들여주었다. 약을 먹는 것 자체는 처음부터 받아들여주었지만, 스포이트를 감추거나 용기를 싱크대에 떨어뜨리거나 하는 일은 하지 않게 됐다.

식사 시간이 되면 주방에 있는 토토는 내 발밑에 오도카니 앉아 있다. 약 준비를 하고 토토 약 먹자, 하고 안아 올리면 힘을 쭉 빼고 시키는 대로 한다. 아기처럼 안고 약을 먹이지만, 토토는 매번 꼼짝 않고 나를 보고 있다. 약을 다 먹이고도 봉제 인형처럼 가만히 있다. 언제까지 가만히 있는 걸까? 한번은 나도 그대로 가만히 있었더니, 1분쯤 뒤에 "앗, 나 뭐 하고 있었지?" 하고 정신을 차린 얼굴로 바닥으로 내려갔다. 그게 너무 귀여워서 그 후로도 줄곧, 약을 먹인 뒤 가만히 있는다. 토토도 매번 가만히 있는다. 그리고 매번 "앗"이 된다.

생각해보면 토토는 무엇이든 이렇게 받아들여준다.

병원에 갈 때도 무서워 죽겠으면서 이동 가방에 넣으면 도망치지 않고 앉는다. 밖에 나갈 때 작은 소리로 울지만, 계속 우는 게 아니라 이내 조용해진다. 병원에 도착할 때까지 엎드린 채 움직이지 않는다. 마치 나 여기 없다, 하는 것처럼. 병원 진료대에 올려도 가만히 식빵 자세(고양이가 앞발과 뒷발 모두 오그리고 앉아 있는 자세—옮긴이)를 하고 있다. 참고로 토토는 앞발을 제대로 모으지 못해서 가지런히 오므리지 못하지만. 미동조차 하지 않는다. 선생님이 청진기를 대도 사람이 없는 곳을 보고 "하악" 하고 작게 말할 뿐, 가만히 있다. 선생님이 "얘는 왜 이러고 있지!" 하고 웃음을 터트릴 정도로 꼼짝 않고 있다.

그렇게 진료대에 토토를 올려놓은 채, 선생님과 이야기를 하고 있으면 토토는 사람이 눈치채지 못하도록 앉은 채 가만히 이동하여, 진료대 제일 끝, 내 옆에 놓인 이동 가방에 가장 가까운 자리에 가서 식빵 자세를 하고 있다.

진료를 마치고 돌아간다. 돌아가는 길에는 만두가게나 꼬치구이집이 있어서 색다른 냄새가 떠돈다. 이 냄새를 맡으면 집이 가깝다는 것을 아는지 병원에서 어느 정도 떨어지면 웅크리고 있던 토토는 갑자기 이동 가방 안에서 일어난다. 갈 때는 존재하지 않는 척했으면서 돌아오는 길에는 꼿꼿이 서서 코를 벌름거리며 냄새를 맡고, 걸을 때마다 달라지는 풍경을 바라본다.

집에 도착한다. 현관에서 이동 가방을 열면, 토토는 몸을 쭉 빼고 나와서 불평도 투덜거림도 없이 방으로 들어가서 몇 분 뒤에는 병원에 간 일조차 잊어버린 듯이 몸을 벌러덩 뒤집고 잔다.

그런 고양이의 모습에 나는 진심으로 놀라고, 또 감동한다. 물론 토토의 개성도 있겠지만, 고양이는 기본적으로 착한 생물이 아닐까 생각하게 됐다. 개도 새도 착하지만, 각각 착함의 종류가 다른 것 같다. 고양이의 다정함은 속이 깊다. 배려하는 것처럼도 보인다.

토토는 여름밤에는 침대 밑에서, 겨울밤에는 캣타워 위에

깐 보들보들한 해먹에서 자다가 새벽녘이 되면 내 옆으로 온다. 그리고 반드시 왼쪽 겨드랑이 옆에 와서 갸릉갸릉 소리를 내면서 꾹꾹이를 하고 그대로 잔다. 하지만 잠이 푹 들었나 싶으면 눈을 번쩍 뜨고 다시 바닥이나 해먹 같은 원래의 위치로 돌아간다. 이 새벽녘 몇 분의 행동이 무엇을 의미하는지 잘 모르겠지만, 혹시 나를 배려해주는 게 아닐까 생각하기도 한다. 토토와 함께 자고 싶다, 자고 싶다, 하는 나의 간절한 소망을 알고, 몇 분이나마 잠깐 어울려주었을지도 모른다.

이렇게 착하고 화를 내지 않는 토토지만, 극히 드물게 화를 낼 때가 있다. 화를 낸다고 해서 '하악질'은 하지 않는다. 몸으로 부딪친다.

토토가 화를 내는 건 밥이 늦다거나 놀아주지 않는다거나, 그런 이유가 아니다. 자존심과 명예에 관련된 일인 것 같다.

이를테면 토토는 집 안 어디에나 올라가도 괜찮지만, 싱크대는 안 된다. 그런데 안 된다고 하면 토토는 더 올라가고 싶어 한다. 특히 우리가 전혀 토토와 놀아주지 않고 있을 때, 일부러 올라가서 우리를 찌릿 본다. 토토, 내려와! 주의해도 내려오지 않을 때, 나는 토토의 눈앞에서 손바닥을 짝 친다. 이른바 고양이 속이기다. 토토는 깜짝 놀라서 얼른 내려와, 옆방으로 달려간다.

그대로 주방에서 작업을 시작하면, 몇 분 뒤, 토토가 "냐옹" 하고 조그마한 소리로 울면서 복도를 달려와, 그대로 내게 드롭킥을 먹인다. 즉, 뒷다리로 바닥에서 삼각형을 그리며 날아올라 발뒤꿈치로 내 다리를 차고, 그리고 다다다 달려가는 것이다.

눈앞에서 손바닥을 짝 친 것에 토토는 몹시 화가 난 것이다. 무시당한 느낌이 들었을 것이다. 그러나 그 순간에는 화내지 않는다. 다른 방에 가서 곰곰이 생각하다, 음, 역시 열 받아, 하는 결론을 내리고, "뭐야, 뭐야!" 하고 조그맣게 외치면서 복도를 돌진하여, 걷어차고 "흥!" 하고 또 도망친다. 다 상상이지만, 그렇게밖에 생각할 수 없다.

지금은 토토의 분노 표현은 이것 하나밖에 없다. 그리고 토토는 나와 남편을 대할 때 태도가 각각 다르지만, 이 분노만큼은 똑같이 퍼붓는다. 그렇긴 하지만, 토토가 이 분노로 드롭킥을 하는 것도 3, 4개월에 한 번 정도. 발톱도 세우지 않는다. 미지근한 뒤꿈치로 치는 것뿐이니, 역시 고양이는 착하다.

'고양이 같은 여자'가 만약 가까이에 존재한다면 나, 정신을 못 차릴 것 같다.

**어느새 꾹꾹이,
발라당 같은
귀여운 말을 쓰고 있다**

그 세계에는 그 세계만의 독특한 말이
있다. 내가 하는 일에도 있다. 게라(galley, 紙, 교정지를 말함―옮긴
이), 교료(인쇄물의 교정을 끝냄―옮긴이), 책임교료(마지막 교정을 인쇄
소에 책임지우고 교료하는 일―옮긴이), 연말진행(11월 중순에서 12월 중
순까지 일이 몰리는 것―옮긴이) 등등……. 처음에는 물론 그런 말을
몰라서 "게라가 뭐야……"라고 생각했지만, 어느새 게라는 샤
프(샤프펜슬)나 우스터소스 같은 그냥 흔한 일상용어에 섞였다.
　올해 처음으로 정체 교정 마사지를 갔더니, 그때도 "모미

카에시가 올지도 모릅니다"라고 해서, 그게 뭐예요? 하고 물었다. 시술 후, 뒤틀린 곳이 나오면서 몸살이 나는 상태를 그렇게 말하는 것 같다. 그밖에도 시술 중, 익숙하지 않은 질문을 받고, 나는 번번이 당황했다. 들어본 적 없는 용어와 표현들이었다. 예를 들고 싶지만, 너무나 낯선 말이어서 생각도 나지 않는다.

그렇게 고양이계에도 고양이 용어가 있었다. 물론 '게라'나 '모미카에시' 같은 전문적인 말이 아니라, 그 세계에서만 통용하는 속어 같은 거라고 생각한다. 사전에는 실리지 않아도, 고양이계 사람에게 말하면 바로 통하는 말이다.

이를테면 '꾹꾹이'.

꾹꾹이라니 지금까지 들은 적도 본 적도 없었다. 아기 때, 앞발로 엄마 가슴을 누르고 젖을 먹는 버릇이 남은 고양이가 있다고 한다. 그 버릇을 '꾹꾹이'라고 한다.

왠지 모르게 그 울림이 민망하다고 할까 쑥스럽다고 할까, 너무 귀여워서 나는 도저히 그런 말을 못 쓰겠어, 라고 생각했다. 그렇지만, 토토가 오고, 정말 꾹꾹이를 하니 그건 뭐 '꾹꾹이'라고밖에 형용할 수 없는 동작이었다. "우와, 꾹꾹이를 하네!" 하고 이미 써버렸다.

침대에 뒹굴고 있으면 토토가 와서 내 옆에 앉아 꾹꾹이를 한다. 가장 자주 하는 곳은 배다. '내 배가 그렇게 부드러운가…… 다른 부분보다…….' 그런 슬픈 마음이 들지만, 용서하겠다. 다른 고양이의 꾹꾹이를 본 적이 없어서 잘 모르겠지만, 토토는 멍한 눈으로 무언가를 저주하듯이 꾹꾹이를 한다. 그것도 힘이 묘하게 세다. 발톱은 깎았는데 발톱 끝이 잠옷에 걸려서 내 잠옷은 발톱갈이 대용이 된 것처럼 너덜너덜하다. 어둠 속이어서 좀 무섭다. 꾹꾹이를 하는 동안, 목에서 갸릉갸릉 소리가 들리고, 그 소리를 내는 채 잠이 든다. 강한 힘에 눌린 내 배도 공명하듯이 갸릉갸릉거릴 때가 있다.

꾹꾹이는 내게만 하고 남편에게는 하지 않는다. 이것 역시 명백히 지방 문제여서 슬픈 마음이 들지만, 그러나 "내게만 한다"라고 생각하면 좀 의기양양한 기분도 든다.

이따금 맹렬하게 다른 고양이의 꾹꾹이를 보고 싶어진다. 이렇게 세게 꾹꾹이를 할까. 다들 멍한 눈으로 할까. 애교라기보다 저주처럼 보일까. 원래는 이 말의 어감처럼 더 귀여운 동작이지 않을까…….

카리카리라는 말은 사료를 가리키는 거란 걸 고양이가 오기 전부터 알고 있었다. 그러나 꾹꾹이와 마찬가지로 나는 사용하지 않을 거라고 생각했다. 카리카리는 너무 귀엽잖아요. 사료라고 하면 되지 않나.

그런데 역시 이것도 어느새 보니 '카리카리'라고 말하고 있다. 그 어원은 아마 고양이가 사료를 먹을 때의 아련한 '카리카리(바삭바삭)' 소리일 거라고 추측한다.

토토도 사료를 먹을 때 카리카리 소리를 내지만, 그건 씹는 소리가 아니다. 토토는 사료를 먹을 때 앞발을 사용한다. 사료를 앞발로 한 알 주워서 입에 넣는다. 이렇게 먹는 걸 발견한 사람은 취재하러 온 사진기자로 식사 사진을 찍다가 갑자기 "뭐야, 이 녀석! 손으로 밥을 먹어! 사람 같네!" 하고 소리쳤다. 그때까지 어떤 식으로 사료를 먹는지 본 적이 없던 나도 놀랐다. 물론 앞발로 한 알 꺼내서 그게 입에 순조롭게 들어갈 확률은 낮고, 바닥에 툭 떨어뜨린다. 떨어진 건 먹는디. 매번 그렇게 한 알씩 먹는다. 앞발로 사료를 한 알 꺼낼 때, '카리카리' 하고 그릇이 울린다. 그건 역시 '카리카리' 소리로 어느새 보니 나도 '카리카리'란 말을 아주 예사로 하고 있다.

'발라당'이라는 자세도 고양이가 온 뒤 처음 알았다. 천장을 향해 배를 드러내고 발라당 누운 자세를 말하는 것 같다.

나는 줄곧 개만 그렇게 자는 줄 알았다. 개는 마음을 허락한 상대에게는 배를 보이고, 편해지면 발라당 뒤집어져서 배를 드러내고 잔다. 전에 친구 집에서 개의 배를 쓰다듬어주었더니 그렇게 발라당 누워서 잤다. 너무 귀여워서 나는 넋을 잃고 배를 계속 쓰다듬었다.

우리 집에 온 아직 아기인 토토가 그 작은 몸을 발라당 뒤집고 잘 때는 진심으로 놀랐다. 고양이도 이렇게 자는가! 고양이는 경계심이 더 많은 생물이라고 생각했다.

과연 고양이는 배를 쓰다듬는 것은 좋아하지 않는 듯, 개처럼 배를 만져준다고 자는 일은 없다. 자다가 저절로 배를 드러낸다.

토토는 이 발라당 자세를 정말로 자주 한다. 복도에서, 창가에서, 침대 밑에서, 정말로 어디서나 배를 내놓고 잔다.

토토는 끈질긴 성격이어서 밥을 먹었으면서 줄곧 먹지 않은 척할 때가 있다. 밥그릇 앞에서 처량한 얼굴을 하고 가만히 앉아 있다. 처음에는 "토토, 밥 먹었잖아" 하고 말을 하지만, 계속 그렇게 있다. 깜박 잊어버리고 다른 방에서 내 볼일을 보다, 한참 뒤에 그 자리를 지나갈 때 보면 밥을 먹지 않은 척하던 중에 졸렸는지, 배를 드러낸 채 자고 있어서 깜짝 놀랄 때가 가끔 있다.

고양이의 발라당은 조사해보니 그렇게 신기한 일은 아니고, 많은 고양이가 그렇게 잔다고 하는데, 나는 아직도 볼 때마다 놀란다. 몸을 최대한 펴서 주위 소리를 빨아들이듯이 조용히 잔다. 그리고 보드라운 털이 심장의 움직임에 맞춰서 천천히 오르내렸다. 무언가 신성한 것을 본 기분에 사진을 찍고 만다.

내 휴대전화 카메라에는 배를 내놓고 자는 토토의 사진이
유난히 많다. 이따금 일하다 막히면, 고양이가 처음 집에 왔을
때부터 찍은 사진을 다시 보는데, 어느 날 문득, 이 배를 깐 사
진이 성장기가 되어 있다는 사실을 깨달았다. 처음 올 무렵에
는 몸이 짧고 한껏 드러낸 배는 새하얗다. 점점, 점점, 몸이 길
어지고, 배에는 반점이 듬성듬성 생겨서 지금은 관록 있는 발
라당이 됐다.

"이렇게 짧았나……" 하고 또 어린 시절로 거슬러 올라갔
다가 이내 넋을 잃고 본다.

그리고 내게는 아주 신선했던 말이 '모후루(폭신폭신, 보들보
들이란 뜻의 의태어 모후모후에 동사 어미 루를 붙여서 동사화한 조어—옮긴
이)'. 보드라운 고양이의 배털을 쓰다듬거나 얼굴을 묻는 것을
말한다.

이 말은 이제 정말로 다른 말로 표현할 도리가 없다. 이 말
을 생각해낸 사람은 대단하다.

토토는 아메리칸 쇼트헤어라는 묘종인데 고양이치고는
털이 짧은 편이다. 그래도 배털은 보드랍다. 배를 내놓고 자고
있으면 그 보드라운 부분에서 담요 광선이라고 부르고 싶은
특수한 것이 뿜어 나와서, 그러려고 하지 않았는데 저절로 빨
려든다. 정신을 차리고 보면 어느새 얼굴을 푹 묻고 있다. 아,

나 행복해, 라고 생각한다. 고양이가 오기 전까지의 내 인생에서 느껴본 적 없던 느낌이다. 고양이 배에 얼굴을 묻는 행복 역시 없었다.

착한 토토는 자기 배에 얼굴을 묻는 것을 별로 좋아하지 않지만, 가만히 있어준다. "토토 정말 착하네. 이렇게 얼굴을 묻게 해주고" 하고 얼굴을 묻은 채 웅얼거리는 목소리로 말한다. 미지근한 입김이 싫은지, 배가 목소리로 진동하는 것이 싫은지, 착한 토토는 눈치채지 못하도록 조금씩 위치를 바꾸어 나의 행복에서 도망친다.

고양이계의 공통 용어는 아니어도 그 집에서만 통용하는 고양이 용어란 것도 아마 있을 것이다.

정체 교정 마사지계도, 고양이계도, 아직 밟아보지 못한 세계의 문을 여니 이렇게도 많은 용어가 있구나, 하고 매번 놀란다.

**토토는
상자에
들어가지 않는다**

       고양이가 만약 가까이 있다면 꼭 보고
싶은 광경이 있었다.

고양이 냄비다.

질냄비에 고양이가 쏙 들어가 있는 사진을 보았을 때는
충격을 받았다. 사진집에서 여러 개의 냄비에 고양이가 하나
씩 들어가 있는 모습을 보고 완전히 흥분했다. 우와! 보고 싶
어, 보고 싶어, 진짜를 보고 싶어. 이 흥분은 어쩌면 요즘 유행
하는 말로 '심쿵'일지도 모른다.

고양이 지식이 전혀 없는 나는 어째서 고양이가 질냄비에 들어가는지 수수께끼였다. 집사가 억지로 넣은 것도 아닌 것 같다. 질냄비를 내려놓으면 고양이가 자연스럽게 들어가는 것 같다.

그 후에 고양이가 상자나 봉지처럼 몸을 조이는 좁은 장소를 좋아한다는 걸 알았다.

우리 집에 토토가 온 지 좀 지났을 때, 그 '보고 싶은' 욕망을 떠올렸다.

그렇다면 들어가게 하면 되지 않는가. 나는 질냄비를 꺼내서 토토 앞에 놓았다. 토토는 냄새를 킁킁 맡았지만, 그냥 통과. 엇. 크기가 문제인가. 작은 질냄비도 꺼내보았다. 이것엔 가까이 가지도 않는다.

꺼내 놓으면 반드시 들어갈 거라고 믿어 의심치 않았다.

'들어가지 않네.'

유감스럽게 토토는 질냄비에 전혀 들어가고 싶어 하지 않는 고양이였다.

또 배신당한 일이 있다. 질냄비와 마찬가지로 내가 기대하던 것 중에 '고양이가 이불 속에 들어오는' 일이 있었다. 참으로 많은 고양이가 추운 날, 이불에 쏙 들어온다고 하지 않는가.

'이것도 역시 들어오지 않았다.'

토토는 우리 집에 온 날부터, 잘 때면 사람 옆에 와서 잤다.

머리 위나 발밑이나 겨드랑이에 낀 자세로. 머리 위(베개 위)나 발밑(이불 위)은 이불을 덮기가 어렵지만, 겨드랑이 아래는 문제없다. 추운 날, 나는 겨드랑이 밑에서 자는 토토에게 살그머니 이불을 덮어주었다. 그러자 토토, 얼른 눈을 뜨더니 폴짝 바닥으로 뛰어내려 어디론가 가버렸다.

하하하, 너 이불의 쾌락을 모르는구나, 하고 생각한 나는 그걸 알려주기 위해 토토가 침대에서 잘 때 몇 번 이불을 덮어주려고 했다. 하지만 매번 실패. 이불을 싫어하는 것 같기도 했다.

겨울에 가장 추운 날에도 토토는 이불에 들어가지 않는다. 이불 위에서 잔다. 늘 자는 곳 중 한 곳인 내 겨드랑이 아래라고 해도 이불을 덮고 있으면 가까이 오지 않는다. 토토와 함께 자고 싶은 나는 상반신에 이불을 덮지 않고, 토토가 오기를 기다린다. 이불이 없으면 토토는 쪼르르 겨드랑이 밑으로 들어와서 몸을 딱 붙이고 잔다.

춥다. 그러나 토토가 있는 부분은 따뜻하다. 그러나 춥다. 그러나……. 겨울 동안, 내 상반신은 그 추위에 견뎠다.

혼자 있을 때도 이불에 들어가는 일은 일단 없다. 반드시 이불 위에 있거나, 바닥에서 잔다. 더위를 타는 아이인가 생각했을 정도다.

상자에도 들어가지 않는다. 고양이가 자기 몸보다 작은

종이 상자에 무리해서 들어가 있는 사진을 본 적이 있다. 고양이가 너무 커서 상자가 망가졌다. 큰 상자에 들어가 있는 고양이도 본 적이 있다. 고양이들은 자발적으로 상자에 들어가는 것 같다.

선물 들어온 과일 상자가 있어서 이것도 토토가 지나가는 길에 놓아보았다. 무엇에나 흥미를 보이는 토토는 상자에 다가가서 냄새를 맡더니 한쪽 발을 스윽 넣었다. 앗, 들어간다, 들어간다, 들어간다! 이때 나의 흥분은 엄청났다. 아무 데도 들어가지 않는 고양이가 지금 상자에 들어가려 하고 있다. 토토는 천천히 다른 한쪽 발을 넣고, 뒷발도 넣고, 언제나처럼 앞발을 세우는 자세로 앉았다. 오옷, 앉았다, 무언가 내가 알던 그림과 다르지만, 어쨌든 상자에 앉았어, 하고 그 감동을 사진에 담기 위해, 카메라에 손을 뻗쳤다. 하지만 카메라를 들기보다 빠르게 토토는 쪼르륵 상자에서 나와버렸다. 그 후로 두 번 다시, 정말 두 번 다시 상자에 들어가는 일은 없었다.

봉지에도 물론 들어가지 않는다. 슈퍼 봉지나 백화점 종이가방을 놓아두면 가까이 가서 코를 박긴 하지만, 그건 들어가고 싶어서가 아니라 안을 보고 싶은 것이다.

들어가지 않는 것뿐만이 아니다.

여름에 곧잘 발라당 자세로 자고 있어서 더운가 생각했

다. 고양이는 더위에 약하다고 들었다. 그래서 토토용 쿨매트를 샀다. 방석 같은 건데 어떤 구조로 되어 있는지 표면이 시원하다. 이걸 토토가 잘 자는 곳에 두어보았지만, 올라가지 않았다. 시원하다는 걸 모르는구나 하고 방석 때와 마찬가지로 살짝 쿨매트 위에 올려보았지만, 스윽 내려가버린다. 절대로 올라가지 않는다.

들어가지 않을 뿐만 아니라 올라가지도 않는다.

추위와 더위를 어떻게든 하겠다는 발상이 없는 건지, 아니면 그런 건 아무래도 상관없는 건지…….

올해도 점점 추워지기 시작했다. 여름 동안, 복도에서, 주방에서, 밥 먹는 곳에서, 침대 밑에서 발라당 자세로 등을 식혔던 토토지만, 침대 위에서 몸을 말고 동그랗게 있는 일이 늘어났다. 안 보이네, 싶어서 찾으러 가면 침대 위에 점이 되어 있다. 밤에도 이불 속에는 들어가지 않지만, 침대 위에서 잤다.

고양이가 우리 집에 온 뒤로 나는 고양이에게 흥미를 갖고 고양이 키우는 블로그들을 관심 있게 보게 됐다. 블로그에 등장하는 고양이 대부분이 복슬복슬한 재질의 동그랗거나 네모난 고양이 침대에 들어가 있다. 아, 이런 건 따뜻하고 편리하겠네, 하고 인터넷 고양이 쇼핑몰에서 찾아보니, 있다, 있어. 어찌나 종류도 많은지. 아치형도 있고 침낭형도 있다. 그중에서 나는 '라운드 침대'라는 것이 마음에 들었다. 동그랗게 몸을 만 고양이가 쏙 들어갈 수 있는, 입체 방석 같은 침대다.

이 라운드 침대 하나만 해도 바깥쪽이 등나무 제품이거나 안쪽이 보이거나 하고, 게다가 호피무늬, 물방울무늬, 체크무늬 등 소재와 무늬도 정말로 종류가 다양했다. 하지만 이렇게도 다양한 종류가 있는데 마음을 끄는 것은 의외로 적었다. 어째서 반려동물용 침대는 대부분이 파스텔색이나 메르헨풍일까. 이건 좋네, 방에 두고 싶네, 싶은 단순한 고양이 침대는 좀처럼 보이지 않았다.

그러다 어느 날, 이거 귀엽다! 싶은 고양이 침대를 발견했다. 본격적으로 추워지기 전에 사야지 하고 얼른 주문했더니 '품절'이라고. 또 마음에 드는 걸 찾아야 하나, 아니면 마음에 들지 않는 것이어도 토토의 방한을 먼저 생각해서 무늬 따위 신경 쓰지 말고 사야 하나, 잠시 고민하다 문득 생각했다.

과연 토토는 들어갈까…….

냄비에도, 상자에도, 봉지에도, 이불에도 들어가지 않는 고양이가 라운드 침대에 들어가줄까.

생각하면 생각할수록 그런 일은 있을 리 없을 것 같았다. 일단 다른 의견을 들어보자 싶어서 남편에게 침대를 살지 말지 의논해보았다. 그랬더니 역시 "과연 토토가 들어갈까……

들어가지 않을 것 같은데……" 하는 대답이 돌아왔다.

결국 토토의 침대는 사지 않았다.

동물과 함께 사는 많은 사람들은 날마다 이런 도박을 하면서 사는구나, 하는 생각을 처음으로 했다. 마음에 들어 할지 어떨지 모른다. 하지만 어쩌면 굉장히 좋아할지도 모른다. 장난감이든 뭐든 그런 생각에 에잇, 하고 산다. 그러나 거들떠보지도 않는 게 일상다반사일 것이다. 쿨매트도 지금은 아무 의미 없이 바닥에 놓여 있다. 언젠가 마음에 들 때가 올지도 모른다고 생각하면 버릴 수가 없다. 실제로 작년까지 전혀 본 척도 하지 않던 쿨 매트에 올해는 줄곧 앉아 있더라는 고양이 얘기도 들은 적 있다.

토토의 장난감은 거의 전부 선물 받은 것으로, 이것도 토토에게는 좋아하고 싫어하는 게 있다. 아니, 시판 장난감 대부분은 별로 좋아하지 않는다. 토토가 확실히 좋아하는 것은 자기 털을 뭉쳐서 만든 방울이나 페트병 뚜껑, 빨대 자른 것이다. 뭐랄까, 토토는 아주 싸게 먹히는 고양이구나, 하고 감탄한다. 아니, 출비를 막아주니 감사해야 할지도 모른다.

토토는 자기 털로 만든 구슬을 제일 좋아한다.

(특히 신선한 것을 좋아함)

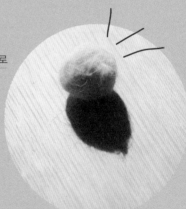

지금까지 모아둔 토토의 털로
토토 구슬을 만들었더니…

폭신폭신~

사상 최고의 크기가 됐다!

고양이란 대단하다…
나를
이렇게까지 만들다니

우리 집에 고양이가 온 뒤 지인의 블로그를 봤더니, 그 집에도 고양이가 왔다는 글이 있었다. 정말 우연이네, 하고 기뻐하며 자주 그 블로그를 들리게 됐다.

그러다 어느 날, 그 블로그에 낯선 물건이 등장했다. 캣타워라는 것. 바닥에서 천장까지 이어지는 봉을 세우고, 그 봉에는 각 방면으로 판이 붙어 있다.

고양이 무식자였던 나는 고양이가 오르락내리락하는 운동을 좋아하는 줄 몰랐다. 그 탑을 즐겁게 오르내리다니, 믿을 수 없었다. 하지만 무언가 마음이 끌려서 인터넷에서 조사해 보니 나왔다. 다양한 캣타워가.

그렇구나, 캣타워란 게 이렇게도 보편적인 인기 상품인 가…….

나는 잠시 생각하다 우리 집에 온 이 작고 작은 생물이 기뻐하는 모습을 떠올렸다. 기뻐하며 캣타워를 오르락내리락하는 광경을. 그리고 몇 초 만에 결심했다. 좋아, 사자!

인터넷 반려동물 용품점에서 캣타워를 구경했다.

그러나 보다 보니 이건 무언가 몹시 어려운 것 같다. 우리 집에 고양이가 온 것은 더할 수 없이 기쁘지만, 집 안을 고양이 위주의 구조로 꾸미고 싶지는 않다. 난 별로 예민하지도 않고, 만사 덜렁대는 사람이지만, 그래도 일단 집을 꾸밀 땐 취향이 아닌 색과 소재는 배제하고, 불필요한 물건을 두지 않으려 하고 있다. 불필요한 물건을 두면, 꼼꼼하지 못한 내가 결국 방치한다는 걸 너무 잘 알기 때문이다.

우리 집에 캣타워라고 하는, 존재감 큰 물건을 두는 데는 각오가 필요했다. 게다가 전에 깔끔하고 단순한 고양이 침대가 없다고 한탄했지만, 인터넷에서 본 캣타워도 역시 으음 하고 신음이 나오는 것뿐. 무엇보다 크다. 너무 크다. 그리고 천 부분의 무늬가 이상하다. 플라스틱 부분 색이 화려하다. 거실이 엄청나게 넓다면 어린이용 미끄럼틀 정도 크기의 캣타워라도 놓아줄 수 있겠지만, 우리 집은 그렇게 넓지 않다. 이렇게 큰 것을 놓으면 그야말로 이제 거실은 토토 전용 방이 돼버린다.

좀 더 존재를 주장하지 않고, 집에 자연스럽게 녹아들어 인테리어의 일부가 되는 캣타워는 없을까…….

나는 계속 찾다가 겨우 "이거라면" 하는 것을 발견했다. 봉은 광택이 없는 은색, 갈색 천을 씌운 동그란 판이 다섯 개, 천장에 등색 해먹이 있다. 단순하고, 색도 차분하고, 무엇보다 봉이 한 개여서 자리를 차지하지 않는 점이 좋다.

이거다! 하고 정했지만, 그걸 선뜻 살 수가 없었다. 냄비에도 상자에도 들어가지 않는 토토가 과연 다른 고양이처럼 캣타워를 좋아할까, 하는 의문이 먼저 들었다. 만약 마음에 들어 하지 않으면, 이건 단순한 장식품이 된다. 아무리 "이거라면 방에 있어도 괜찮겠네" 하는 디자인, 크기, 색깔이어도, 사람한테는 조금도 필요 없고 고양이조차 필요로 하지 않는 캣타워를 방에 장식해두는 건 좀…….

그리고 캣타워 가격은 2만 엔 정도. 토토가 올 때, 화장실이며 그릇, 이동 가방 등을 샀지만, 모두 싸구려였다. 장난감은 놀러 오거나 취재 오는 분들이 많이 주어서 우리는 토토에게 장난감을 사준 적이 없다. 2만 엔이 비싸서 아깝다는 게 아니다. 샀다가 만약 토토가 마음에 들어 하지 않으면, 집에 자리만 차지하는 불필요한 물건을 두는 데 2만 엔을 쓴다는(게다가 대형 쓰레기로 버릴 가능성도 있고, 그 절차의 수고스러움도 포함) 건데, 아무래도 주저하게 됐다.

고민하고 고민했지만, 저 작고 작은 토토가 신나게 상하운동을 하는 광경을 머릿속에 그리다, 에잇, 하고 캣타워를 사버렸다. 마음에 들어 한다는 쪽에 걸자.

며칠 뒤, 배송된 캣타워를 보고 낙담했다. 설명서를 잘 읽지 않았는데 조립식이었다. 나는 정말로 조립을 못하는 정도가 아니라, 증오할 정도다. 어른이 만드는 데 소요시간 10분, 난이도 0이라고 쓰여 있어도 제대로 조립한 적이 단 한 번도 없다. 그래서 어떤 것이든 조립이 필요한 것은 신중하게 피해왔는데, 캣타워는 토토가 마음에 들어 할까, 싫어할까 고민하는 데만 정신이 빠져서 제대로 살펴보질 못했다.

그날, 남편은 지방에 일이 있어서 부재중이었다. 이틀 뒤밤에나 돌아온다. 그러면 조립은 사흘 뒤에나 하게 된다. 나는 포장을 풀지 않은 채 상자만 흘끗흘끗 보았다.

내게는 무리다. 꺼내지 않는 편이 좋다. 만지지 않는 편이 좋다. 어차피 못한다. 그러나 토토가 마음에 들어 하는지 어떨지 알고 싶다. 지금 당장 알고 싶다. 안 돼, 안 돼, 일이 커진다. 제대로 조립했다고 해도 나사 하나를 빼먹거나 해서 나중에 타워가 무너지는 대참사가 될 게 뻔하다. 건드리지 마, 건드리지 마. 아아, 그러나 토토가 마음에 들어 하는지 어떨지 보고 싶다!

나는 충동적으로 쥐어뜯듯이 상자를 열고, 내용물을 바닥에 늘어놓고 맹렬하게 조립하기 시작했다.

이 캣타워는 외국 제품으로 설명서는 지극히 간단. 내게는 고문서처럼 보이는 그것을 한참 들여다보다 간신히 해독하고, 봉에 동그란 판을 달기도 하고, 봉과 봉을 연결하기도 했다. 하면 틀리고, 하면 틀리고. 시간은 계속 흐르고, 땀은 뚝뚝 떨어져서 바닥을 적셨다. 나는 그 자리에 주저앉아 큰 소리로 울고 싶었다. 그런 내 기분도 모르고, 새로운 것을 좋아하는 토토는 흩어져 있는 타워 부품 사이를 누비며, 냄새를 킁킁 맡았다. 좋았어, 나는 다시 마음을 가다듬고, 땀을 닦고 조립을 시작했다. 그리고 깨달았다. 내가 이렇게 필사적으로 잘 못하는 일과 격투하는 것은 처음 있는 일이다……. 고양이란 대단하다……. 나를 이렇게까지 만들다니, 얼마나 대단한 생물인가!

보통 사람은 조립하는 데 한 시간도 채 걸리지 않는다는데, 다섯 시간에 걸쳐서 드디어 캣타워를 완성했다. 그것도 전혀 실수하지 않았다. 남는 부품도 없다(평소에는 어째선지 나사 하나가 남았는데). 위아래를 잘못 단 것도 없다. 즉, 성공! 방 한쪽에 나타난 캣타워를 감동하며 보았다. 함께 그걸 보던 토토가 조심조심 타워를 올라갔다. 아아, 올라간다, 올라간다! 해먹에 들어가서 냄새를 맡는다. 아아, 들어갔다, 들어갔어! 일일이 감동했다.

도박에 성공한 것이 며칠 만에 증명됐다. 토토는 의외로 이 타워를 좋아해서, 걸핏하면 해먹에서 잤다. 토토가 없네, 싶으면 타워 위의 해먹이 동그랗게 부풀어 있어, 아, 토토가 저 안에서 자고 있구나, 하는 걸 안나.

그 후로 3년이 지난 지금도 이 타워는 대활약을 하고 있다. 해먹은 토토의 잠자리가 되어, 토토는 놀다가 흥이 넘치면 캣타워를 다다다 올라간다. 별로 자리도 차지하지 않는 수수한 캣타워는 완전히 집에 익숙해져서 캣타워가 없었던 집이 이제 생각나지 않는다.

이 캣타워는 내가 처음 도박한 것이지만, 그 후에도 자잘한 도박은 계속됐다.

텔레비전에서 고양이가 좋아하는 장난감을 소개했다. 나일론제의 동그란 커버 아래 전동 스틱이 마치 쥐처럼 부정기적으로 움직이는 장난감이다. 천 밑으로 무언가를 움직이면 그걸 잡는 것을 아주 좋아하는 토토에게 딱이네! 가격은 약 4천 엔.

선물 받은 것 말고 장난감은 전부 만들어준 것이니, 이건 장난감 가격으로 아주 비싸다. 하지만 커버 밑에서 움직이는 스틱을 정신없이 쫓아다니며 즐길 토토의 모습이 떠올라서…… "좋아, 또 도박이다!" 하고 나는 그걸 샀다.

그러나 이 도박에는 실패했다. 설레며 펼쳐놓고 스위치를 켰지만, 토토는 멍하니 보기만 하고 쫓아다니지 않았다. 몇 분 지나지 않아서 다른 방에 가버렸다.

토토는 그렇게 전동으로 움직이는 것을 별로 좋아하지 않는 것 같았다. 우리가 이 커버 밑에서 수동으로 스틱을 움직일 때는 정신없이 놀았지만, 전동으로 바꾸는 순간 흥미를 잃었다. 그 모습은 마치 "머리 쓰지 마"라고 하는 것 같았다. "머리 쓰지 말고 수동으로 놀아줘. 기계에 맡기지 말고"라고 하는 것 같다.

도박에 이기면 가격 따위 잊어버리지만, 이런 식으로 지게 되면, "아아, 4천 엔 날려버렸어……" 하고 언제까지고 안타까워한다. 고양이에게 도박하는 사람은 다 그럴까, 나만 쩨쩨한 건가?

토토는 어린 시절부터 해먹에서 잘 때 이렇게 팔을 한 쪽 내놓고 있다는 것을 깨달았다.

이따금 그 모습이
주정뱅이 아저씨처럼
보일 때가 있다.

토토 님은
한구석의 수건이 될 때와

한복판의 수건이 될 때가 있습니다.
어느 쪽이든 튀어나오지 않도록 애쓰십니다

**너는
아무나
좋구나…**

고양이와 전혀 인연이 없던 나지만, 토토가 오기 전, 딱 한 번 친구네 고양이를 맡은 적이 있다. 사흘 정도.

이 고양이는 데리고 오자마자 곧장 탈의실로 가더니 세탁기에 들어가서, 야옹, 야옹, 하고 굵은 소리로 울었다. 친구 부부가 달래도 나오지 않고, 울음도 그치지 않았다. 시간이 다 되어 두 사람은 여행을 떠나고 나와 고양이만 남겨졌다.

말을 걸어도 나오지 않았다. 들여다보았지만 보이지도 않는다. 야옹, 야옹 하고 원망스러운 소리로 울기만 있다. 외출했다가 돌아오니 조용해져 있었다. 그러나 아무리 찾아도 없다. 아직 세탁기 안인 것 같다.

고양이는 밤이 돼도 나오지 않았다. 밥을 준비해도 나오지 않았다. 이름을 부르면 야옹 하고 굵은 거절의 목소리가 돌아왔다. 어쩔 줄 몰라 하다가 잠이 들었다.

밤중에 문득 눈을 떴다가 나는 비명을 지를 뻔했다. 어둠 속에 구슬 같은 빛이 두 개 떠 있는 게 아닌가. 그제야 고양이를 맡고 있다는 사실을 떠올렸다. 아, 드디어 나왔구나, 이리 오렴, 하고 말을 걸어도 구슬은 움직이지 않았다.

다음 날, 고양이는 이제 숨지는 않았지만, 내가 다가가면 도망가고, 절대로 만지게 허락하지 않았다.

친구 부부가 돌아오기 전날 밤, 무슨 기척이 나서 눈을 뜨니, 고양이가 침대에 앞발을 올리고 나를 들여다보고 있었다. 그 앞발을 살그머니 뻗어서 나를 꾸욱 눌렀다. 눈물이 날 것 같았다. 사흘 만에 겨우 마음을 허락해주었다.

3년 전, 부부 여행을 갈 때, 토토를 처음으로 맡게 됐다. 캣시터에게 부탁할까도 생각했지만, 외로움쟁이인 토토의 성격상 맡기는 편이 좋을 것 같았다. 그것도 고양이를 키우지 않는 사람에게 맡기는 게 좋다.

그래서 나는 고양이를 좋아하는 H씨에게 좀 맡아줄 수 있는지 물어보았다. 예전에 H씨는 우리 집에서 토토와 놀아준 적이 있다. H씨는 흔쾌히 승낙해주었다.

그리하여 그날 아침, 우리는 토토를 이동 가방에 넣어서 통조림과 화장실과 그릇을 챙겨서 택시를 탔다. 택시에서 토토는 거의 울지 않았다. 창밖을 내다보고 있었다.

H씨 집에 도착해서 가방에서 토토를 꺼내자, 토토는 냄새를 맡으며 집을 빙빙 돌아다녔다. 잘 부탁합니다, 하고 고양이 물건을 건네고 우리는 H씨 집을 뒤로했다.

첫날 상태를 보아 토토는 전에 내가 맡았던 친구네 고양이 같지는 않을 거란 걸 알았지만, 여행 중에 H씨가 보내준 사진을 보면, 뭐랄까, 예상을 초월하여 제집처럼 지내고 있었다. 정신없이 놀고, 자고 H씨한테 애교를 부렸다. 다행이라고 안도하면서도 너무 신나게 뛰어다니다, 귀중품을 떨어뜨리거나 깨지는 않을지, 불만을 표명하느라 문종이를 뜯지는 않을지 여행 중에도 몹시 걱정됐다.

며칠 뒤, 돌아온 우리는 토토를 데리러 갔다.

집에 들어가니, 토토는 방 한복판에서 뒹굴고 있었다. 토토, 다녀왔어, 하고 부르자, 웬걸 토토는 도망쳤다. 도망쳐서 H씨 침실로 숨어버렸다.

뭐, 뭐야! 이것은 엄청난 충격이었다.

평소에는 "외로웠다옹~" 하고 달려오지 않았는가. "대체 어디 갔다 온 거냐옹~" 하고 삐치기도 하지 않았던가. 토토의 태도는 아무리 보아도 "싫다옹, 돌아가기 싫다옹!"이다. 그, 그런…….

H씨가 토토를 달래서 데리고 나와주어서 간신히 이동 가방에 넣어 돌아왔다.

돌아와서 떼를 쓰는 건 아닌가 했지만, 그런 건 없고 한 차례 냄새를 맡으며 돌더니 "아, 이 집 알아" 하는 얼굴을 했다. 그리고 평소처럼 화장실을 가고, 식사를 하고 바닥에 발라당 드러누웠다. 남의 집에 맡겼다고 화를 내는 것도 아니고, 그렇다고 데리고 온 것에 불만을 표시하는 것도 아니고.

요전에도 토토를 맡긴 적이 있다. 토토와 같은 종류의 고양이 두 마리를 키우는 K씨 집이었다. 다른 고양이와 얼굴을 마주치는 일이 없도록 잘 데리고 있겠다고 했다.

그날 아침 우리는 토토를 이동 가방에 넣어서 집을 나섰다. K씨는 이웃에 산다. 동물병원에 가는 길과 같다. 토토는 병원에 가는 줄 알았는지 냐옹, 하고 평소보다 큰소리로 항의하며, 이동 가방 바닥에 바싹 달라붙어서 움직이지 않았다.

길을 돌아서 계속 걸어가니 병원이 아니란 건 알았는지,

일어서서 바깥을 내다보았다. 까마귀 울음소리를 듣고, 소리의 주인공을 찾기도 했다.

K씨 집에 도착해서 토토를 이동 가방에서 꺼내자, K씨 가족의 첫 마디는 "어머, 작아라!"였다. 우리는 평소 토토가 뚱뚱하고 크다고 생각하고 있어서 그 말에 무척 놀랐다. 가방에서 나오자마자 토토는 우리를 거들떠보지도 않고 집 냄새를 맡기 시작했다.

잘 부탁합니다, 하고 토토의 물건을 건네고, 우리는 K씨 집을 뒤로했다. 그때, K씨 가족이 키우는 두 마리의 고양이를 만났는데, 확실히 토토가 작아 보일 정도로 건장한 몸의 고양이였다.

K씨도 토토의 사진을 보내주었다. 나날이 토토가 평온해지는 게 보였다.

그렇게 며칠 뒤, 토토를 데리러 갔다. 이때는 K씨 부인이 토토를 안고 데리고 나와서, 토토가 숨었는지 어쨌는지 모르겠지만, 분명 "토토, 다녀왔어" 하는 우리 목소리를 듣고 또 K씨네 침대 밑에 숨었던 게 아닐까 상상한다.

그리고 돌아오자마자 "아, 알아. 이 집" 하고 전과 똑같은 태도다. 기분 나빠하지도 않고, 불만을 표명하지도 않고, 꼬리를 곧추세운 채 복도를 걸었다.

토토는 아마 남의 집에 맡겨지고, 집에 데려오고 하는 일에 별로 스트레스 받지 않을 거라고 생각한다. 그보다도 사람이 아무도 없고, 밤이 돼도 돌아오지 않고, 아무도 놀아주지 않고, 아무도 자신을 봐주지 않는 쪽이 스트레스인 것 같다.

이런 성격이어서 남의 집에 맡겨도 토토 걱정은 별로 하지 않는다. 밥을 안 먹는 건 아닐까, 어딘가에 들어간 채 나오지 않는 건 아닐까, 물도 마시지 않는 건 아닐까 그런 걱정은 하지 않는다. 그보다도 치근거리며 집요하게 "놀아다옹" 공격을 하는 게 아닐까, 가구에 흠집을 내는 게 아닐까, 밤에 길고 긴 저주 같은 꾹꾹이로 잠을 못 자게 하는 건 아닐까, 그런 일이 걱정이다.

겨우 며칠 우리 집에 있었던 예전의 그 고양이를 생각한다. 휴대전화가 없던 시절이어서 사진을 찍어 보내지는 못했다. 그렇게 낯을 가리는 고양이였으니, 친구 부부는 여행 동안 얼마나 걱정했을까. 한참 옛날 일인데 새삼 가슴이 아프다.

고양이 무식자인 나는 "남의 집 싫다옹, 모르는 집도 모르는 사람도 싫다옹!" 하는 그 고양이가 다수파인지, 아니면 "집에 돌아가기 싫다옹" 하는 토토가 보통인지 잘 모르겠다. 각기 성격이 다르니, 통틀어서 '고양이란' 하고 한데 묶을 수 있는 게 아닐지도 모르겠다.

하지만 이따금 아주 잠깐 낯가림하는 고양이의 집사가 부러울 때도 있다.

토토는 친구가 놀러 오면 낯가림하는 척하며 침대나 소파 밑에 숨지만, 호기심을 못 이기고 이삼 분 지나면 쪼르륵 나온다. 친구의 짐 냄새를 맡고, 친구 냄새를 맡고, 친구의 다리에 발톱을 갈고, 머리를 부비부비하고, 무릎에 올라간다. 그런 토토를 보고 있으면 "너는 아무나 좋구나……" 하고 서운함 같은, 질투 같은, 삐칠 것 같은 기분이 든다. "돌아가기 싫다옹!" 하고 도망칠 때 느꼈던 "저런……" 하는 쓸쓸함도 거기에는 포함되어 있다.

친구가 키우는 낯가림하는 고양이는 주인에게만 마음을 허락할 것이다. 그 고양이들은 내가 그들의 집에서 돌아간 뒤, 대체 어떻게 주인에게 애교를 부릴까. 어떤 식으로 숨어 있던 장소에서 나올까. 타인은 알 수 없는 그 느낌이 너무나 달콤할 것 같아서 부럽다.

나도
비싸고 멋진 통조림을 먹인다고
말해보고 싶다

우리 집에 고양이가 온 날은 잊지도 않는다. 2010년 4월 19일의 일이다. 고양이가 오기 전에 발톱깎기나 그릇을 사러 갔는데, 이때 고양이 밥이란 걸 처음 만져보았다. 수분이 있는 통조림과 카리카리라고 하는 건사료를 준비해야 한다고 배웠다.

고양이 통조림과 사료 선반 앞에 서서 그 어마어마한 종류에 놀랐다. 가격도 큰 차이는 없지만, 다양했다. 어느 것이 좋은지 전혀 모르니 일단 눈에 띄는 것을 샀다. 카리카리는 새끼고양이용이 있어서 그걸로 했다.

설마 이 아무것도 아닌 선택이 그 후 고양이의 식생활을 좌우하리라고는 생각지도 못했다.

토토가 아직 어릴 때는 먹는 양이 적었다. 먹는 것에 별로 흥미가 없어 보였다. 통조림을 주면 반 이상을 남겼다. 밥도 마찬가지. 사료는 접시에서 한 알씩 앞발로 꺼내서 먹었다. 이것도 다 먹지는 않고, 반 정도. 양이 적으니 몇 개월이 지나도 새끼고양이인 채로 작다.

고양이가 집에 온 뒤로 갑자기 다른 집 고양이에게 관심이 있다. 고양이를 키우는 사람과는 고양이 얘기만 한다.

나와 거의 비슷한 시기에 인생 첫 고양이를 맞이한 친구에게 무슨 통조림을 먹이는지 무심히 물어보았다. 그러자 한 번도 들은 적 없는 이름을 말했다. 어? 뭐야, 그게? 하고 묻자, 무첨가·유기농 펫푸드 전문 브랜드 이름이라고 했다.

헉…… 무첨가…… 유기농……. 인간계에서는 흔히 듣지만, 고양이계에서 들은 것은 이때가 처음이었다.

그 후로 고양이를 키우는 친구를 만날 때마다, 사료 브랜드를 물었다. 그랬더니 웬걸 90퍼센트의 친구가 무첨가·유기농 펫푸드를 주고 있는 게 아닌가! 그중 한 친구 왈, "전에 키웠던 고양이가 원인도 모르게 갑자기 죽어서 아직도 마음이 힘

들어. 직접 관계는 없겠지만, 지금 고양이는 조금이라도 몸에 좋은 것을 먹여서 오래 살게 하고 싶어. 유기농 통조림은 가격은 비싸지만 건강에는 더없이 좋으니까"라고 했다.

몸에 좋다……. 인간계에서는 거의 협박 수준으로 자주 듣는 말이지만, 고양이계에도 역시 이 말이 있는가…….

나는 그동안 무농약, 유기농 재배, 무첨가, 그런 말에 무심하게 살아왔다. 흙이 묻거나 벌레가 있는 게 싫어서, 일부러 사지 않을 때도 있다. 그랬던 게 요리를 하게 되고, 편식이 없어지고, 혀도 나이를 먹고, 거기다 함께 식사할 가족이 생기니 점점 '몸에 좋은 것'을 생각하게 되었다. 유기농 식재료 쪽이 명백히 맛이 좋은 경우도 많다. 우리 이웃에는 유기농 식재료를 취급하는 가게가 많아서 사는 품목에 따라서는 그런 가게에 간다.

사는 품목에 따라서라는 말인즉, 이런 가게는 일반 채소 가게나 생선 가게보다 가격이 비싸다. 채소 가게에서 198엔 하는 브로콜리가 320엔인 건 뭐 그렇다 치자. 그런데 380엔짜리 죽순이 800엔이 넘을 때는 아무래도 주저하게 된다.

뭐, 이렇게 조정을 하면서 유기농 식재료를 사용하고 있지만, 이것과 똑같은 것이 고양이계에도 있다는 걸 처음 알았다.

친구가 말한 브랜드는 다양했지만, 인터넷 펫푸드 몰에서 조사해보니 유기농 통조림과 프리미엄 통조림이라는 고급 고양이 통조림이 있다는 걸 알았다. 거기에는 유명한 브랜드가 여러 개 있고, 다들 그 브랜드 상품을 샀다.

가격은 토토에게 주는 통조림의 두세 배나 된다.

하지만, 아, 그런가, 몸에 좋은 거지……. 나는 잠시 생각했다. 토토는 심장이 나쁘다. 그렇다면 더욱 몸에 좋은 것을 먹여야 하지 않을까.

이 점, 가족 식사나 친구들과의 식사를 생각하는 것과 완전히 똑같다. 나 혼자라면 뭐든 괜찮다. 정크푸드도 상관없다. 그러나 나 이외에 누군가가 그걸 먹는다고 하면 조금이라도 몸에 좋은 것을, 조금이라도 맛있게 먹어주길 바란다.

좋았어! 나는 그 두세 배 가격의 비싼 통조림을 시험 삼아 몇 개 사보았다.

그런데 토토가 전혀 먹지 않았다. 먹지 않을 뿐만 아니라, 음식으로 인정하지 않겠다는 듯한 태도다. 냄새조차 맡아보지 않고 흘낏 거들떠본 뒤, 밥그릇을 떠난다. 하나도 먹지 않는다. 눈길도 안 준다. 할 수 없이 그걸 놔두고, 평소 먹던 통조림을 주었다. 한걸음에 달려와서 먹었다.

맥이 풀렸다. 큰마음 먹고 사왔는데, 몸에 좋은 건데, 다른 집 고양이들은 잘만 먹는데…….

생후 8개월에 중성화 수술을 하고, 토토의 먹을 것에 대한 정열이 백팔십도 바뀌었다. 전에는 반이나 남겼던 통조림을 게 눈 감추듯 먹게 됐다. 사료도 남기는 일이 없어졌다.

이것은 좋은 경향이다! 나는 생각했다. 이렇게 식탐이 있는 지금이라면 유기농 통조림도 먹어줄 것이다.

전에 사서 아직 남은 통조림을 다시 등장시켜보았다.

그러나 결과는 마찬가지. 한 번 흘낏 보더니 냄새도 맡지 않고 가까이 가지도 않고, 얼른 자리를 떠나서 "밥은?" 하는 얼굴로 나를 올려다보았다. 배가 고프면 먹겠지, 하고 그대로 두어보았지만, 웬걸 몇 시간이 지나도 토토는 정말로 한 입도 먹지 않았다. 그야말로 음식이라고 인식하지 않는다. 만약 세상에 이 프리미엄 푸드밖에 없다면 이 고양이는 아사를 선택하지 않을까 싶을 만큼 완고하게 먹지 않았다.

그리고 밥 먹을 때, 밥 같지 않은 것을 내놓고 심술을 부린다고 생각했는지, 삐딱한 시선으로 나를 물끄러미 보고 있다. 눈이 마주치면 "히엥" 하고 비참한 듯 작은 소리로 운다.

토토에게 유기농 통조림을 먹이는 것은 무리다. 나는 단념했다. 다른 사람들처럼, 우리 고양이 통조림은 뭐라뭐라 하는 들어본 적 없는 긴 브랜드 이름을 말해보고 싶었지만, 그것도 포기했다. 슬프게도, 아니, 경제적으로는 고맙게도 토토는

100엔 이하의 통조림을 아주아주아주 좋아했다(싸면 쌀수록 더 잘 먹는다).

그렇다면 사료는? '프리미엄 푸드'로 분류된 것을 먹는다. 어쩌다 제일 처음에 산 고양이용 사료 브랜드가 그것이었다. 지금은 다이어트용 사료로 바꾸었지만, 같은 브랜드다. 그렇게 생각하면 토토는 처음에 먹었던 음식으로 취향을 정해놓은 것 같다. 내가 처음부터 가게 선반에서 가장 비싼 통조림을 샀더라면, 토토는 제대로 유기농 고양이가 됐을지도 모른다.

토토가 가장 좋아하는 간식인 건조 닭가슴살을 꺼내자, 눈을 반짝반짝, 목을 갸릉갸릉거리며 앉아서 기다린다. 먹어도 돼, 라고 하면 끄르륵 트림을 하면서 엄청난 기세로 먹는다. 접시가 번쩍거리도록 깨끗하게 핥는다. 참고로 이 건조 닭가슴살은 처음에 친구에게 선물 받은 것으로 무첨가 고급 닭가슴살이다.

**사랑이
커질수록
무서운 것이 늘어난다**

　　　　　　원래 나는 걱정 병이 있다. 있을 것 같은
일도, 있을 리 없는 일도, 혼자 상상하고 걱정한다.

　　요전에는 일이 끝나지 않아 혼자 작업실에 틀어박혀서,
며칠 동안 고양이 말고는 아무와도 얘기를 하지 못했다. 이때,
몇 년 전에 뇌경색이 됐다고 하는 지인의 이야기를 떠올렸다.
그 사람은 자각증세가 전혀 없어서, 친구와 얘기하다가 "무언
가 말하는 게 평소와 달라, 이상해" 하는 지적을 받고서야 병원
에 가서 가벼운 뇌경색을 발견했다고 한다. 이른 대처가 좋은

거야, 하는 것이 그 사람의 말.

혼자 작업실에 있던 나는 문득 "내 말투가 평소와 달라져도 토토 말고 아무도 모른다면" 하는 생각을 하게 됐다. 생각을 하는 순간 맹렬한 불안이 든다. 게다가 토토는 알아차린다 해도 아무한테도 연락할 수 없다.

편집자가 작업 격려차 잠시 들렀다. 그때 나는 얼른 "내 말투 괜찮아요? 혀가 잘 돌아가요?" 하고 바싹 달라붙듯이 물었다.

그러나 이런 거라면 그나마 근거 있는 걱정이다. 얼마 전까지라면 '어른의 병'으로 인식했던 병에 우리 세대도 적잖은 사람이 걸렸으니까.

"아뇨, 전혀 이상하지 않아요"라고 해서 그제야 안심했다.

걱정할 근거도 필요도 없는 걱정에 빠질 때가 있다. 번지점프를 할 때 다리에 묶은 고무 같은 것이 끊어지면 어떡하나, 갑자기 불안해진다. 낙하할 때의 느낌이 아주 생생하게 온몸에 퍼진다.

하지만 나는 번지점프를 할 예정도 없고, 하라고 들어도 절대로 하지 않을 것이다. 그래서 걱정할 이유가 하나도 없는데, 일단 생각나면 상상하다 걱정하지 않을 수 없다.

옛날부터 그랬다. 어릴 때부터 있을 수 있는 일과 있을 수 없는 일을 똑같이 상상하며 끙끙거렸다. 끙끙거리지 않아야지, 일어나지 않은 일을 생각하지 않아야지, 일어나지도 않을 일을 고민하지 말아야지, 하고 오랜 세월 자신에게 타일렀지만, 하필이면 고양이가 온 뒤로 더 심해졌다.

고양이가 와서 얼마 되지 않았을 때는 고양이라는 생물을 몰라서 걱정이 산더미 같았다. 평일에는 작업실에 가기 때문에, 고양이 혼자 집을 보게 된다. 집 보는 동안에 먹으면 안 될 것을 먹는 게 아닐까. 물건을 깨서 다치지는 않을까. 걱정은 점점 현실감이 결여되어 갔다.

(셔터 타입의 욕조 뚜껑을 그 작은 앞발로 둘둘 말아서 열고) 욕조에 떨어져 익사하는 게 아닐까. (식기 선반 제일 아래 칸 문을 열고, 자기보다 무거운 쇠 냄비 상자를 꺼내려다가) 냄비에 깔리는 건 아닐까. (유아용 빗장을 그 작은 앞발로 찰칵 벗겨서 가스레인지의 불을 켰다가) 끄지 못해서 곤란해 하는 건 아닐까. (그 작은 앞발로 냉장고를 열어서) 안에 들어갔다가, 문이 닫혀서 떨고 있지 않을까. 세탁기 문을 열고 안에 들어갔다가, (어쩌다 세탁·건조 스위치가 눌려) 빙빙 도는 건 아닐까.

잇따라 쏟아진다. 욕조 뚜껑을 말아 열거나, 쇠 냄비를 꺼내거나, 가스레인지 불을 켜거나 세탁기 문을 여는 일을 못 할 거란 건 이성적으로는 안다. 알지만, "그렇지만 만에 하나"라는 생각도 버릴 수 없다. "우연에 우연이 겹치다 보면", "가능성은 제로

라고 단언할 수 없어", 이렇게 걱정을 보강하며 안절부절못한다.

아직 토토가 정말로 작을 때, 한번 시작되면 점점 심해지는 걱정에 져서, 술자리 중에 돌아온 적이 있다. 그 자리에 있던 전원이 놀랐다. 나는 젊을 때부터 어떡하든 끝까지 자리를 지키는 사람이었다. 애인이 기다리든 내일 마감이 겹쳐 있든, 집에 가는 일이 절대 없었다. "그런데 돌아가다니……." 친구들은 놀랐다. "고양이가 참 대단하구나……"라며.

그렇게 택시를 타고 전속력으로 집에 도착해도 나의 그 수많은 걱정이 현실이 된 적은 한 번도 없었다. 욕조 뚜껑도 닫혀 있고, 쇠 냄비도 싱자에 그대로 들어 있다. 먹으면 안 되는 것을 먹은 흔적도, 깨진 물건도 없다.

고양이라는 것, 혹은 토토라는 개체에 관해 점점 알게 됐다. 먼저 고양이는 힘이 없다. 무거운 것을 움직이고 옮기는 일은 하지 않는다. 그리고 토토의 성격상, 깨고, 터트리고, 찢고, 부수는 과격한 행동은 하지 않는다. 물건이 복잡하게 놓인 곳을 걸을 때, 무엇 하나 건드리지 않고, 밟지 않고 피하면서 조심스럽게 걷는 것이 토토다.

재주 있는 고양이는 여닫이나 미닫이문을 연다고 들은 적이 있지만, 토토는 그런 것도 못 한다. 그게 열릴 때까지 언제까지고 앞에서 기다린다. 열라고 요구하는 일도 없다. 그저 묵묵히

기다린다. 그러니까 냉장고를 열거나 그릇장을 열 리가 없다.

휴일에 종일 집에 있어 보니, 고양이가 그렇게 활동적이지 않다는 것을 알게 됐다.

대체로 잔다. 좋아하는 곳에서 하염없이 잔다. 일어났구나 싶으면, 아침에 남긴 밥을 먹고 물을 마시고 또 잔다. 일어났구나 싶으면 기지개를 켜고, 멍하니 있다가 또 잔다.

실은 이 수면 시간 때문에 나는 또 걱정이다. 이렇게 자도 되는 걸까. 사람이 그렇게 자면 머리가 아플 법한 긴 잠이다. 자는 것처럼 보이지만, 실은 그게 아니라 축 늘어져 있는 게 아닐까. 축 늘어져 있는 거라면 병이 아닐까. 한번 그렇게 생각하니 계속 그렇게만 생각하게 된다. 대부분 책에는 '고양이는 숙면하지 않는다'라고 쓰여 있다. 그래서 이름을 부르면 꼬리를 움직여 대답하거나, 작은 소리에 눈을 뜹니다, 라고 쓰여 있었다. 그런데 토토는 불러도, 바깥에 소방차가 지나가도, 내가 책을 떨어뜨려도, 움쩍도 하지 않는다. 게다가! 혀가 살짝 나와 있다. 혀를 내놓고 자는 개는 본 적이 있지만 고양이는 본 적이 없다.

또 슬며시 걱정이 됐지만, 고양이는 원래 자는 동물이라는 예전에 들은 말을 떠올리며, 상태를 보기로 하고 마음을 진정시켰다. 토토는 대체로 저녁 무렵 일어나서, 언제나처럼 놀자고 조른다. 아파서 늘어져 있었던 게 아니라 그냥 혀를 빼고 숙면했을 뿐인 것 같다.

그리 걱정할 일은 아니라고 머리로는 이해한다. 내가 작업실에 가 있는 낮에는 아마 계속 잘 것이다. 자는 것도 푹 자는 것이지 축 늘어진 게 아니다. 문제없다. 걱정할 필요 없다.

머리로는 알지만, 방심하다 보면 나는 또 새로운 걱정거리를 만들고 있다.

최근에는 토토가 높은 데서 떨어지면 어떡하지, 하는 것이 오로지 나의 걱정이다. 몇 번, 토토가 침대나 식탁에서 몸을 뒤집다가 그대로 떨어지는 걸 보았다. 앞발로 허공을 허우적거리면서 떨어지는, 고양이에게 어울리지 않는 모습이 각인됐다. 그게 가구라면 그나마 괜찮지만, 베란다였으면 어쨌을까 생각하면 걱정은 부풀어 공포가 된다.

베란다로 나가는 유리문을 열어놓는 일이 없어졌다. 나갈 때도, (토토는 문을 못 연다는 걸 알면서도) 문단속을 몇 번이나 한다.

그러는 동안, 나도 높은 곳이 무서워졌다. 원래 고소공포증 기미는 있었다. 거기에 박차를 가한 것이다. 지금은 베란다 난간에 손을 짚고 아래를 보지 못한다. 베란다 안쪽까지도 무서워서 가지 못한다. 2층 정도라면 몰라도 3층만 돼도 벌써 무섭다.

나는 앞으로 점점 걱정 병이 도질 것이다. 사랑하는 것이 생긴다는 것은 이렇게도 무서운 것이 늘어나는 것이고, 이렇게도 비이성적인 상상력이 단련되는 것이란 걸, 나는 보들보들하고 조그마한 생물에게 날마다 배우고 있다.

**이해할 수 없는
일이
남았다 해도**

고양이는 말을 하지 않는다.

무슨 말을 하는지 알기 쉬운 고양이도 있다. 우리 토토는 정말로 알기 쉽다. "배고파"나 "놀아줘" 이외에 의외로 복잡한 의사도 뭔지 모르게 알 것 같다. 귀가했다가 볼일이 생각나서 바로 또 나가거나 하면, "오자마자 밥도 안 주고 왜 또 나가는 거야~" 하고, 닫힌 현관 너머에서 말하는 게 들릴 때도 있다. "밥이라도 줘~ 밥 주고 가~"라고 한다. 토토의 표정과 시선으로 요구하는 놀이의 종류(빛 놀이인지 쥐 장난감인지, 털 방울인지, 오뎅꼬치인지)도 안다.

토토는 사람 말도 대체로 아는 것 같다. "밥"은 확실하게 알아서, 바싹 가까이 다가와서 이마를 다리에 비빈다. 이리 와, 하는 말도 안다. "기다려"도 "미안해"도 아는 것 같다. "안 돼"는 완벽하게 이해하고 있고, 상대해주길 바랄 때 일부러 이쪽의 얼굴을 보면서 한다. 참고로 "안 돼"는 싱크대에 올라가는 것과 문종이를 찢는 것이다. 문종이를 찢을 때 이쪽을 찌릿하고 얄밉게 바라보면서 "봐, 봐, 찢을 거다옹……"이라고 하듯이 발톱으로 치이익 찢는다.

토토가 온 뒤로 다른 집 고양이도 무슨 말을 하는지 알게 됐다. "이쪽 보지 마!" 하고 소리치는 고양이도 있고, "만져도 된다옹" 하고 허락해주는 고양이도 있다.

그러나 그건 집에서 키우는 고양이만 그렇다. 그것도 한 마리 키우는 고양이가 비교적 이해하기 쉽다. 길고양이는 무슨 말을 하는지, 무슨 생각을 하는지 모르겠다.

집사 경력이 긴 친구에게 그런 얘기를 했더니, 고양이는 다른 고양이와 얘기하면 완벽한 고양이어를 쓰게 돼서, 사람은 알아듣기 힘든 것 같다고 가르쳐주었다. 두 마리 이상 키우는 고양이도 먼저 있던 고양이가 신입 고양이에게 고양이어를 가르치기 때문에, 혼자인 고양이보다 알아듣기 힘들어진다는 것.

그러나 안다고 해도 정확하게 말하면, 표정이나 동작, 울음소리의 톤으로 추측하는 데 지나지 않는다. 당연하지만, 우리가 일상에서 쓰는 말로 고양이와 대화하는 일은 절대 없고, 무언, 무표정인 고양이가 무슨 생각을 하는지는 알기 어렵다.

아, 말이 통하면 좋을 텐데, 하고 절실하게 생각하는 것은 병원에 갈 때다. 토토는 대부분 고양이와 마찬가지로 병원을 싫어한다. 이동 가방 바닥에 달라붙듯이 앉아서, 떨고 있을 때도 있다. 그럴 때 "아픈 것 하러 가는 거 아니야, 예방 주사만 맞을 뿐이야, 몇 초면 끝나. 작년에도 금방 끝났지? 토토는 주사를 놓는 것도 느끼지 못했잖아"라고 말을 하지만, 이 말은 통하지 않는다. 통하면 얼마나 좋을까, 그럴 때.

그리고 고양이어를 알면 좋을 텐데, 하고 절실히 생각할 때도 있다. 몸이 안 좋아 보일 때다. 어디가 아프니, 피곤한 거니, 아니면 그냥 졸려서 자는 거니? 물어도, 고양이의 표정은 이럴 때일수록 더 알 수가 없다. 대개는 졸려서 자는 것뿐이겠지만, 만약 몸이 안 좋다면 고양이는 어떻게 그 사실을 전할까 생각하니 무서워진다. 뭐라고 말을 걸면 좋을까.

세상에는 고양이어를 우리말로 통역해주는 사람이 있다. 애니멀 커뮤니케이터라고 부르는 사람이다. 고양이나 개의 말을 알아듣고, 무슨 말을 하는지 주인에게 전해주기도 한다.

지인의 집 고양이 성격이 어느 날을 경계로 완전히 달라졌다고 한다. 그 '경계'에 무슨 일이 있었는지 집사인 지인은 생각하고 또 생각했다.

마당 고양이였던 그 고양이는 평소에도 자주 집을 나가지만, 그날, 평소보다 오래 집에 돌아오지 않았다는 사실이 생각났다. 그렇다고 해도 평소보다 한두 시간 오래 있던 정도이지만, 그것밖에 '경계'가 될 법한 일이 없었다. 그 한두 시간 더 외출한 중에 성격을 백팔십도 바꿔놓은 무슨 일이 있었던 게 틀림없다.

이 지인은 이것저것 소사하다 애니멀 커뮤니케이터라는 사람들이 있다는 걸 알고, 그때 무슨 일이 일어났는지 의뢰할까 말까 망설였다고 한다. 친구며 지인이며 대부분 관두는 게 좋다고 말렸다고 한다. 이유는 다양했다. 수상하다고 하는 사람도 있고, 그래서 고양이한테 무슨 일이 있었는지 안들 뭐가 달라지는 것도 아니다, 라고 생각하는 사람도 있는 것 같았다.

애니멀 커뮤니케이터란 무언가 확실한 자격증이 필요한 직업이라기보다 영적인 세계에서의 개념 같다. 물론 필요한 학습과 자격도 있겠지만, 회계사나 치과기공사 같은 게 아니라 점쟁이나 영매자에 가깝지 않을까. 그래서 '수상하다'는 표현을 하는 사람도 있을 거라고 생각한다.

나는 그 사람과 그리 친하지 않아서 "다들 그만두래요" 하는 얘기만 들었다. 내 의견을 묻지는 않았다. 만약 물었더라면 나는 아마 "의뢰해보세요!"라고 했을 것 같다. 무슨 일이 있었는지 궁금하지 않은가. 평소보다 조금 더 길었던 외출 시간에 일어난 사건이. 그런 것과는 관계없이 사춘기 아이가 갑자기 삐뚤어지듯이 거칠어졌을지도 모른다. 사람의 생각을 초월한 또 다른 이유가 있을지도 모른다. 그 사실을 고양이는 얘기해줄 것이다.

그렇다, 나는 믿는다. 동물과 대화를 나누는 사람들이 있다는 것을. 그 사람들은 아마 내가 토토의 표정에서 읽는 것과는 달리, 그들과 '말'을 나눌 거라고 생각한다.

그럼 그런 사람을 통하여 토토와 대화를 하고 싶은가 하면, 그럴 생각은 전혀 없다. 이유는 그 직종 사람을 너무 믿기 때문이다. 동물의 말을 알아듣는 사람이 토토의 기분을 말로 얘기해주면, 나는 그걸 전면적으로 믿을 게 뻔하다. 실제로 토토의 표정을 보고 이해하기보다 통역한 '말'을 믿을 게 분명하다.

처음 키우는 고양이인 토토가 우리 집에 온 지 3년 남짓. 놀라운 일의 연속이지만, 그래도 토토를 이해해왔다. 훨씬 어릴 때는 호기심 왕성하여 무엇에든 주저 없이 돌진하던 토토였지만, 성장할수록 아주 신중파가 되고, 집착이 강해졌다. 시원스럽다고 하기는 어려운 성격이 됐다. 이건 아마 남편과 내 성격의 영향이리라. 밥을 먹었는데 더 먹고 싶다. 그러나 밥 달라고 보채지도 않고, 그저 불쌍한 표정으로 밥그릇 앞에 앉아서 내가 알아차릴 때까지 꼼짝도 않고 이쪽을 보고 있는 불쌍한 토토의 모습은 마치 나를 보는 것 같다. 식탁에 뛰어올라갈까 말까 5분이고 10분이고 곰곰이 생각하다 드디어 행동으로 옮기는 모습은 남편과 똑같다. 깼으면 좋겠는데, 내가 자고 있으면 슬금슬금 내 얼굴에 엉덩이를 붙이듯이 앉는다. 그 직접적이지 않은 애교도 어딘가 낯익다.

이런 식으로 함께 살수록 우리를 닮아가서 조신한 우리 고양이가 만약 애니밀 커뮤니케이터의 입을 통해 "하이! 다들 안녕? 나는 짱 건강해. 하지만 한 가지만 말할게. 당신들 너무 바쁜 거 아냐?" 하고 명랑하게 얘기하면, 나는 같이 사는 진짜 토토보다 그 명랑하게 말하는 토토를 토토로 받아들일 것이다.

남의 집 고양이라면 날마다의 일상을 모르니까 어떤 식으로 얘기해도 위화감 없이 받아들일 수 있다. 그러니까 남한테는 "고양이 말을 들어보는 게?"라고 할 수 있지만, 우리 고양이라면 역시 '말'로 대화하지 않아도 된다. 눈에 보이는 대로 추측하는, 그런 이해법으로 충분하다.

그런데, 하고 상상력이 왕성해진 나는 이따금 생각한다. 만약 토토가 병에 걸린다면 그런 직종의 사람에게 의지할지도 모르겠다. 뭘 하고 싶니? 뭐가 먹고 싶니? 어디가 아파? 어떻게 해주면 편할까? 이런 것들을 꼭 말로 듣고 싶어질 테니. 하지만 돌이켜 생각해보면, 말이 통하는 사람과 이별할 때도 그렇게 정연하게 얘기한 적이 없다. 그 사람이 해주길 원하는 것을 해줄 자신도 없다. 말이 통한다 해도 씁쓸한 후회뿐. 슬픔이 줄어들지도 않는다.

그러니까 어떤 경우에든 토토와 말로 대화를 하고 싶다는 생각은 하지 않을 것이다. 나와, 사람이건 반려동물이건 그 둘밖에 만들 수 없는 관계 속, 혹은 가족밖에 만들 수 없는 관계 속에서 서로를 이해해나가는 것보다 좋은 것은 없을 테니.

설령 거기에 오해가 있었다 해도. 이해할 수 없는 일이 남았다 해도…….

가장 못난 부분을
은근히
가장 사랑스러워한다

　　　　개 냄새라는 말을 들으면 떠오르는 냄새
가 있다. 양지바른 곳의 잔디 냄새에 생물 비린내를 섞은 냄새.
개를 키운 적이 없어서 내가 떠올리는 냄새가 전반적인 개 냄
새인지, 아니면 내가 냄새를 맡아온 개만 우연히 그런 냄새였
는지는 모르겠다.

　　이 냄새에서 매혹적인 것은 양지바른 곳 잔디 냄새보다
오히려 '생물 비린내'라고 생각한다. 개한테 얼굴을 바싹 갖다
대고 냄새를 들이마시면, 너무나 행복한 기분이 든다. 안도감

과도 비슷하다. 빨래나 비누와는 다른, 먹고 배설하고 제대로 '살아 있는' 느낌의 미지근한 냄새. 갓 목욕한 개를 안아도 샴푸 냄새 속에 그 생물의 냄새가 있다.

그런데 고양이 냄새라고 하면 아무것도 떠오르지 않는다. 대부분 고양이는 개처럼 '확' 냄새를 풍기지 않는다. 길고양이도, 집고양이도.

마음껏 냄새를 맡은 고양이는 그래서 토토가 처음이다. 우리 집에 오던 날, 토토는 깨끗하게 목욕해서 샴푸 같은 비누 같은 청결한 냄새가 났다.

그런데 이 냄새가 몇 주일이 지나도, 몇 개월이 지나도, 사라지지 않는다. 연해지긴 했지만, 사라지지 않고 줄곧 남아 있다. 토토의 등이나 배에 얼굴을 묻고 후웁하고 냄새를 맡으면 이 달콤한 냄새가 확 난다.

고양이에게 또 놀라움을 느꼈다. 고양이란 이렇게 좋은 냄새가 나는 생물이었나!

물론 길고양이는 다를 것이다. 그래도 얼굴을 '팍' 묻게 해주진 않지만, 가까이에서 만지게 해줄 때도 딱히 냄새는 나지 않았다. 한참 씻지 않은 개는 잔디보다 생물의 비린내가 농축되어 냄새가 확 난다.

토토는 한 살이 돼도, 두 살이 돼도 좋은 냄새가 났다. 편애 아닌 편애 코를 가진 게 아니다. 그 증거로 토토의 배설물은 아주 고약하다. "아악, 냄새!" 하고 매번 소리를 지를 정도로, 냄새가 고약하다. 게다가 토토는 다른 고양이들이 꼼꼼하고 신중하게 감추는 그것을 감추지 않을 때도 있다. "아아, 좀, 제대로 감춰! 냄새 난다고" 하고 불평을 하면서 모래를 퍼내는 나를 옆에서 빤히 보고 있다.

토토가 일 년 내내 좋은 냄새가 난다고 주장하는 것은 좋아하는 아이돌이 화장실에 가지 않는다고 주장하는 것과는 결단코 다르다.

다른 집 고양이는 어떤지 모르겠지만, 토토는 목욕을 일 년에 한 번 섣달그믐 때 한다. 많은 고양이와 마찬가지로 토토도 목욕하는 게 질색. 집사 경력이 긴 남편이 목욕 담당이라, 해마다 토토를 안고 욕실에 들어간다. 닫힌 문 너머로 "으냐옹" 하는, 놀자고 할 때나 밥 달라고 할 때와도 다른, 안타까운 울음소리가 들린다. 더 이상 거칠어지진 않지만, 으냐옹, 으뇨옹, 하고 그리 크지 않은 소리로 계속 운다.

수건으로 닦고, 드라이기로 말린 토토는 평소의 3분의 1 정도로 줄어든다. 고양이란 그야말로 복슬복슬한 털이 생명인 생물이구나, 하는 걸 이 줄어든 토토를 볼 때마다 실감한다. 토토는 집요하게 자신의 몸을 핥고, 핥고, 핥고, 또 핥는다.

간신히 털이 마른 토토에게 다가가서 얼굴을 갖다 대면 평소의 복슬복슬함에 최상급을 매기고 싶을 정도의 부드러움. 그리고 우리 집에 올 무렵 같은 청결하고 달콤한 냄새가 났다. "아아" 하는 탄식이 절로 나왔다. 남편도 토토의 등과 배에 얼굴을 묻고 "아아"라고 한다. 번갈아가며 냄새를 맡고는 바보 같은 얼굴로 "아아", "아아" 탄식한다. 고양이 바보가 되지 않을 수 없는 감촉과 냄새다.

이 냄새는 옅어지지만, 사라지지 않는다. 이듬해 연말에 씻길 때까지 희미하게 좋은 냄새가 난다.

한번은 남편이 "토토는 입 냄새도 나지 않아"라고 했다. 입 냄새가 나지 않는 고양이라니 참 신기하다고 했다. 이것 역시 깜짝. 보통 고양이들은 입 냄새가 나는가? 어떤 냄새인가 물으니, 생선 비린내랄까, 고양이 냄새랄까, 라고. 고양이 냄새라니 들은 적이 없다. 개의 '햇빛 아래 잔디 냄새+생물 비린내' 같은 것일까.

이 말을 듣고 난 뒤로 나는 고양이 입 냄새를 너무 맡아보고 싶어졌다. 하지만 이웃의 많은 길고양이들은 당연하지만 얌전히 입 냄새를 맡게 해주지 않는다.

고양이를 키우는 친구 집에 놀러 갔을 때 "이 아이 입 냄새나?" 하고 물어보았다. 그러자 친구는 "아우, 말도 마. 냄새나는 정도가 아냐. 진탕 취한 중년 남자인가 싶은 냄새가 나"라고 했다. 진탕 취한 중년 남자라는 비유가 옳은지 어떤지 모르겠지만, 무슨 말을 하려는지 알 것 같았다.

꼭 한 번 맡아보고 싶었지만, 이 집 고양이는 낯가림이 아주 심해서 내가 있는 동안 내 앞에 모습을 나타내지 않았다.

그 후에도 몇 번, 고양이가 있는 집에 놀러 가긴 했다. 다들 물어보니 역시 고양이 입은 냄새가 난다고 한다. 아아, 맡아보고 싶어! 하지만 어느 고양이도 입을 벌리고 얌전히 냄새를 맡게 해주지 않았다.

대부분 고양이는 입을 앙 벌리는 걸 싫어하는구나, 하고 또 배운다. 그러면 토토 이외의 고양이를 키우지 않는 한, 나는 그 '냄새 나는 고양이 입 냄새'를 맡을 수 없는 것인가, 절망적인 기분이 들었을 무렵, 세상에나, 입 냄새를 맡게 해주는 고양이가 나타났다.

작가인 기타오 토로 씨와 어떤 이벤트를 같이 했다. 장소는 고엔지의 상점가였다. 이벤트 시작하기 전까지 이런저런 잡담을 나누다가, 문득 고양이 냄새가 생각나서 토로 씨에게 키우는 고양이의 입에서 냄새가 나는지 물어보았다. 네? 그런 생각은 해본 적도 없었네요, 토로 씨는 말했다.

이벤트 행사장 앞 화단에 엄청나게 큰 얼룩고양이가 있었다. 상점가 한 집에서 키우는 고양이인 듯 아주 얌전하다. 지나가는 사람이 쓰다듬어도 상점가 사람이 안아도 얌전하게 몸을 맡긴다. 미야옹, 하고 이따금 낮고 쉰 목소리로 운다.

"저 고양이 입 냄새를 맡아볼까." 토로 씨는 문득 생각난 듯이 말하더니, 그 거묘를 번쩍 안아 올려 고양이 얼굴에 자기 얼굴을 가까이 가져갔다. "잘 모르겠는데" 하고, 등을 구부리고 무리한 자세를 취하더니, 한 손으로 고양이 입을 살짝 벌리고 코를 갖다 댔다. 과연 『판사님! 이건 징역 4년이 어떻습니까』나 『너는 히말라야 속옷의 엄청난 실력을 아느냐』 등, 몸을 던져가며 그포 책을 쓴 사람답다. 나는 고양이를 인고 필사적으로 냄새를 맡는 토로 씨의 뒷모습을 존경하는 마음으로 바라보았다. 그러자,

"냄새나요! 정말로 지독하네요!" 하고 토로 씨가 소리를 질렀다. 네, 정말이요? 하고 나는 황급히 토로 씨한테 안긴 고양이 입 쪽으로 돌아가서 얼굴을 갖다 대고, 엄청난 기세로 킁킁킁킁킁킁킁 냄새를 맡아 보았다. 냐옹, 하고 고양이는 싫어하는 기색도 없이 운다. 숨이 내 얼굴에 뿌려졌다.

과연! 이 냄새냐옹. 이 냄새는 알고 있다.

"토로 씨 알겠어요, 정말로 냄새가 나네요, 고맙습니다."

나는 인사를 했고 토로 씨는 거묘를 화단으로 돌려놓았

다. 처음으로 냄새를 맡게 해준 착한 거묘야, 고마워.

고양이 냄새란 고양이 통조림 냄새였다. 생선 비린내다. 그리고 고양이 냄새란 생선을 조린 듯한, 썩기 시작한 듯한 그런 냄새란 걸 알았다. 그래서 처음 맡은 나도 어딘가 익숙한 냄새였다.

확실히 이런 냄새는 토토에게서 조금도 나지 않는다. 매일 통조림을 먹는데 어째서일까. 아직 나이가 어리기 때문일까, 아니면 지병을 억누르기 위해 매일 먹는 산소가 구취 예방이 되는 걸까(그런 인과관계가 있는지 어떤지조차 모르지만).

내 친구는 자기네 집 고양이의 입 냄새를 '진탕 취한 중년 남자인가 싶은 냄새'라고 표현했지만, 집사 경력 3년이 되어가는 나는 어렴풋이 느꼈다. 그런 표현을 사용하는 사람이야말로 그 입 냄새를 사랑하는 것이다. 우리 고양이는 제멋대로여서 난감해요, 하는 사람은 그 제멋대로인 점을 사랑한다. 우리 고양이는 고양이 맞나 싶을 정도로 운동신경이 둔해요, 하는 사람은 그 둔함을 자랑으로 생각하기도 한다. 타인은 모를 핀포인트인 사랑이 동물을 키우는 사람들에게는 있는 것 같다. 나도 분명 토토에게 입 냄새가 났다면, 그 냄새를 토토의 매력 포인트로 꼽았을 것이다.

약을 입에 넣을 때, 또는 누워 있는 내 배에서 자며 토토가 방심하여 입을 반쯤 헤 벌리고 있을 때, 나는 얼른 쿵쿵쿵쿵쿵 쿵쿵쿵 냄새를 맡는다.

유감스럽지만, 아직 냄새는 나지 않는다.

**고양이는
역시
자식이 아니다**

　　키우는 고양이나 개를 자식으로 간주하고, 집사인 자신을 엄마나 아빠라고 하는 사람들이 상당히 많다. 개나 고양이를 키우지 않으면 그런 데 어둡다.

　　확실히 키우는 생물은 동물이라기보다 가족이라는 느낌에 가깝다. 나는 자식이 없지만, 토토가 우리 집에 온 뒤로, 엄마라는 존재에 관해 생각하게 됐다. 싫어하는 토토를 병원에 데려갈 때는 "세상의 엄마들은 어린아이를 병원에 데려갈 때 이렇게 가슴이 아프구나" 생각하고, 토토의 상태가 안 좋은가 걱정될 때는 "아기도 말을 못하니 세상 엄마들은 여간 걱정이 아니겠구나" 생각하게 됐다.

그래도 나는 토토에게 내가 엄마라고 자청하는 데 상당히 반감이 있었다. 집에 온 사람들이 토토에게 "아이고, 엄마한테 애교 부리네"라고 하면, "집사입니다"라고 정정하고 싶다. 자식을 갖는다는 건 이런 것일까, 상상은 했지만, 토토는 역시 자식이 아니다. 딴 얘기지만, 소설 쓰는 행위를 출산에, 쓴 소설을 자식에 비유하는 작가도 있다. 나는 그런 비유도 한 적이 없다. 소설은 소설이지 자식과는 전혀 다르다고 생각한다. 게다가 (내가 쓴) 소설을 조금도 귀엽다고 생각하지 않는다. 그런 의미에서는 고양이 쪽이 소설보다 자식에 가까울지도 모르겠다.

그러나 지금까지 품은 적 없는 새로운 감정이 싹트는 것을 발견했다. 그리고 또 엄마라는 존재를 생각하게 됐다.

우리 집에는 곧잘 손님이 방문한다. 취재진도 있고 친구도 있다. 토토는 인터폰이 울리면 일단 숨지만, 이내 쪼르륵 침실에서 나온다. 그렇게 금세 나올 거라면 숨질 말지 싶지만, 고양이답게 숨는다는 것이 토토의 규칙 같다.

나와서 그 사람의 짐 냄새를 맡으며 돌아다닌다. 카메라 기재를 아주 좋아한다. 한 차례 냄새를 다 맡고 나면, 모두의 시야에 쏙 들어가는 자리에서 어슬렁어슬렁 걷는다. 그리고 청바지나 치노 팬츠를 입은 사람을 발견하고, 그 바지에 발톱을 간다. 이것은 내게도 잘하는 행위로 발톱을 가는 것이 목적이라기보다 놀아주세요, 하고 애교를 부리는 것 같다. 기지개를 켜는 자세로 그 사람의 다리를 안은 채, 꼼짝하지 않고 냄새를 계속 맡을 때도 있다. 고양이에게 익숙하지 않은 대부분 사람은 "아얏" 하고 놀란다.

이건 정말 미안한 일이어서 발견하면 얼른 토토를 떼어낸다. 모두 자리에 앉으면, 식탁 아래에서 그런 짓을 시작하기도 해서 항상 주의해야 한다.

그렇게 모두 식탁에서 담소를 나누고 있으면 식탁으로 폴짝 올라온다.

우리 집에서는 식탁에 올라오는 것은 허락한다. 밥 먹을 때 올라오기도 한다. 하지만 토토는 사람 음식에 전혀 관심이 없다. 음식을 건드리거나 얼굴을 갖다 대거나 하지 않고, 우리 시야에 들어오도록 식탁 한쪽 구석에 누워있기만 할 뿐이어서 올라와도 허락하기로 했다. 우리 둘 중 한 사람이 부재중일 때는 부재중인 사람 자리에 누워 있는다.

그러나 고양이가 식탁에 올라오면 많은 사람이 놀란다. 상대가 놀라면 그제야 아차하고 황급히 토토를 바닥에 내린다.

다시 담소로 돌아가면 기지개를 켜고 식탁 모서리를 발톱으로 박박 긁는다.

나도 이야기에 끼고 싶어. 끼워줘, 끼워줘, 끼워줘, 하고 어필하는 것이다.

친구가 아니라 취재 때문에 카메라가 있을 때면 토토는 카메라 앞에 가만히 앉아 있다. 카메라를 다른 방향에 두면 쪼르륵 걸어가서 렌즈 앞에 앉는다. 내 사진을 찍고 있을 때면 뒤로 슬며시 들어온다. 카메라 기자는 대부분 토토의 그 어필에 지고 말아 토토에게 렌즈를 돌린다. 그러면 토토는 얌전하게 앉아서 움직이지 않는다.

이런 일 전부 토토가 손님 바지에 발톱을 갈 때, 식탁에 올라올 때, 식탁 구석을 긁을 때, 카메라 앞에서 떨어지지 않을 때, 나는 지금까지 느낀 적 없는 마음을 느낀다. 그건 말로 표현하자면 "부끄러움"에 가장 가깝다. 토토가 부끄럽다기보다 집 안의 잘 보이지 않는 부분을 드러낸 듯한 부끄러움이다. 싱크대 아래나 빨래바구니 같은. 거기에 아주 조금 '기쁨'이 섞여 있다.

이 새로운 감정은 대체 무엇일까, 생각하다, 문득 세상의 엄마들이 떠올랐다. 전철에서 엄마를 따라 나온 어린아이 옆에 앉은 적이 있다. 아이가 사람을 잘 따르는지 나를 보고 웃어주었다. 손에 든 장난감을 내게 내밀었다. 기뻤다. 엄마는 이렇게 귀여운 아이가 얼마나 자랑스러울까 생각했다. 하지만 엄마는 "죄송합니다" 하고 내게 사과하고, "너, 좀" 하고 아이를 나무란다. 자랑스럽거나 자신감에 넘치는 게 아니라, 어딘가 기쁘면서도 부끄러운 듯한 표정이다. 기쁘기만 한 게 아니라, 무언가 부끄러워하는 것 같다.

부끄러워하는 것 같은 엄마들을 가끔 본다. 아이가 춤추고 노래한다. 귀여워서 무심코 보게 된다. 나와 눈이 마주치면 아이 엄마는 기쁘면서도 부끄러운 듯이 웃는다. 아빠는 별로 그런 얼굴 하지 않는다. 아빠 쪽은 자랑스러워할 때가 많다.

어린아이가 큰 소리로 울거나 소리 지를 때와는 다르다. 최근에는 아이의 울음소리나 큰 소리에 세상이 관대하지 않아서, 엄마들이 아주 힘들 것 같다. 전철이나 음식점에서 아이가 큰 소리를 낼 때, 무표정하게 대처하는 엄마가 는 것 같다. 어찌할 바 몰라서 무표정이 된 것이리라.

좀 부끄러워하는 것 같을 때는 그럴 때가 아니라, 길에서 아이가 그 아이다운 행동을 시작했을 때다. 노래하고 춤추고, 연기를 한다, 모르는 사람에게 마구 웃음을 보낸다, 전철 이름을 끝없이 말한다, 등등.

손님이 왔을 때 토토가 너무나 빼는 것 없이 자기주장을 할 때 내가 느끼는 부끄러움을 어쩌면 엄마들은 알아주지 않을까.

집에서 가족끼리 있을 때는 별일 아니어서 아무렇지도 않게 생각하는 일. 과장스럽게 칭찬하는 일. 밖에서는 별로 보이지 않는, 매우 닫힌 관계성. 그런 것을 의식하지 않고 남들 앞에 드러냈을 때의 당혹감 같은 것. 그야말로 싱크대 아래나 서랍 안을 보였을 때 같은 기분이다.

닫힌 관계성이라고 하면 연인들이 가장 적절할 것이다. 각자 타인을 대할 때와 전혀 다른 얼굴로 상대를 대한다. 너무나 관계성이 닫혀 있다. 그런데 시내 한복판에서 그 관계성을 태연히 꺼내는 커플도 많다. "그딴 거 난 용서힐 수 없쩌", "이잉, 나능 괜찮잖아, 용서해주떼염" 이러면서 유아어로 얘기하는 커플이 바로 그런 경우다. 껴안는 사람들도 있다. 캡슐 속에 둘만 들어가서 주위는 보이지 않으니 당사자는 부끄럽지도 않다. 보는 이쪽이 그야말로 싱크대 밑이나 서랍 속, 더 봐서는 안 되는 빨래 바구니 속을 본 듯한 부끄러움과 민망함을 느낄 뿐이다.

연인이 아니라 모자(母子)가 되면 그렇게까지 닫혀 있진 않다. 더 사회적이다. 그래서 집에서의 시간이 그대로 노출되면, 좀 부끄러운 느낌이 들지 않을까. 손님 앞에서 토토가 자유롭게 행동해서 느끼는 부끄러움이 그런 종류다. 고양이가 버릇없이 굴어도 묵인하고, 유아어로 말을 걸고, 배에 올려서 재우고, 껴안고 물고 빨고, 그런 닫힌 자신과 토토의 세계를 지금 나는 친구들에게 활짝 열어젖히고 있는 게 아닐까…… 하는 기분. 거기에 덧붙여 역시 토토는 토토다워서 그 토토다움이 왠지 기쁘다. 카메라 앞에서 꼼짝하지 않고 있는 고양이, 처음 봤어요! 하고 칭찬 들으면 기쁘다. 나는 엄마가 된 적이 없어서 모르겠지만, 기쁘면서 부끄러운 이 기분은 엄마들과 공유할 수 있지 않을까.

그러나 역시 토토는 '내 자식'이 아니고, 나는 토토의 엄마가 아니다. 가족이지만, 자식이라는 존재와는 다르다. 전에 어떤 취재에서 고양이는 당신에게 무엇인가 묻는데, 좀처럼 할 말이 생각나지 않았다. 가족이지만……, 하고 우물거리는, 그 공백 속에 토토는 있다. 그 공백은 사람은 들어갈 수 없는 영역이라고 생각한다.

새로 온 투구벌레가
너무 좋아서 어쩔 줄 모르는 토토

만지고 싶다.

만지고 싶다, 그러나 무섭다. 그러나 만지고 싶다.

사알—짝 만진다.
히익~
관두자.

토토는 오늘도 투구벌레 관찰.
좌탁은 토토의 유토피아

**실은
나도
그런 아이였다**

        고양이 화장실과 화장실 모래는 토토가 우리 집에 오기 전에 준비해두었다. 급하게 준비하느라 알아보고 고르고 비교하고 이런 걸 하지 않았다. 아니, 고양이 지식이 없던 나는 알아보고 고르고 비교할 만큼 그렇게 종류가 많은 줄 몰랐다. 화장실도, 모래도.

    토토가 있는 생활이 일상이 되고 나니, 화장실 모양도, 모래도, 아주 많은 종류가 있다는 것을 알게 됐다. 특히 모래.

    실은 내가 샀지만, 처음에 샀다는 이유만으로 계속 사용하는 화장실 모래가 무언가 마음에 들지 않았다. 투명하고 작은 알갱이인 화장실 모래로, 냄새도 나지 않고 불편한 것도 없지만, 그 투명하고 작은 알갱이가 화장실 주위에 흩어져 있으면 왠지 모르게 기분이 그랬다.

어느 날, 모래를 바꾸기로 마음먹고 실제로 바꿔보았다. '가루가 날리지 않는다', '폴리페놀 배합으로 탈취력 강화', '확실하게 뭉쳐져서 보충이 간편'한 광물 계통의 고양이 모래로 선택했다.

화장실이 바뀌면 볼일을 보지 않는(보지 못하는) 고양이도 있다고 한다. 그런데 고양이 경험이 없는 나는 전에 쓰던 투명한 화장실 모래를 챙겨두지 않고 전부 버리고, 이 광물계로 바꿔버렸다. 바꾼 뒤 생각이 나서 "전에 모래를 조금 덜어뒀다가 새 화장실에 섞어줄걸" 하고 후회했지만, 토토는 전혀 아랑곳하지 않고 홀연히 나타나 새 모래 냄새를 킁킁킁 맡다가 그대로 화장실에 들어가서 잠시 모래를 긁어모은 뒤 눈을 게슴츠레 뜨고 오줌을 쌌다.

토토는 정말로 사소한 일에 구애받지 않는 고양이구나, 감탄했다.

그런 일이 있고 나서 또 화장실 모래를 바꾸게 됐을 때도, 토토는 별로 신경 쓰지 않았다.

광물계 모래는 가루도 날리지 않고 흩어지지도 않고 잘 뭉쳐지고 청소도 편하고 냄새도 나지 않고 정말로 좋았다. 하지만, 한 가지 단점이 있는데 그것은 무겁다는 것. 한 부대 5리터. 고양이 통조림을 주문할 때 화장실 모래도 같이 주문하는데, 통조림과 모래가 언제나 같은 타이밍에 떨어지지는 않는다. 대체로 화장실 모래가 먼저 떨어져서, 슈퍼에 사러 가게 된다. 두 부대를 사면 세상 원망하고 싶어지는 무게. 게다가 이따금 증량 캠페인이라며 더 주기도 한다. 고맙지만, 증량된 만큼 무겁다.

이 무게에 먼저 이의를 제기한 사람은 남편이다. 남자라는 이유로 두 부대, 세 부대씩 사러 가는 횟수가 많으니 불만이 생긴 것이다.

"토토는 사소한 일에 연연하지 않으니까, 다시 화장실 혁명을 일으키자"하고, 재생 펄프로 만든 가벼운 모래를 사왔다. 광물계와 같은 회사 제품이었다. 이번에는 신중하게 전의 것과 반씩 섞어가며 단계적으로 바꾸기로 했다.

토토는 여전히 토토여서, 화장실이 서서히 바뀌고 있다는 건 신경도 쓰지 않고 평소와 다름없었다.

그렇게 보름 정도에 걸쳐 화장실은 완전히 광물계에서 재생 펄프로 바뀌었다.

이것은 정말로 훌륭했다. 가볍고, 청소도 편하고. 전에는 폴리페놀 탈취였지만, 이번에는 녹차 잎의 카테킨 성분이 포함되어 탈취와 항균 효과가 있었다. 나는 원래 폴리페놀이니 카테킨이니 그런 말에 약하지만, 확실히 어렴풋이 녹차 냄새가 나고, 젖은 모래는 녹색으로 변해서 굳어졌다. 알갱이가 광물계보다 커서 흩어져도 쉽게 모을 수 있다. 두 부대 사도 가뿐히 들고 올 수 있다.

완전 펄프 화장실이 된 뒤 10일 정도 지난 어느 날, 화장실 청소를 하던 나는 요즘 토토가 어쩐지 변비 기미란 사실을 깨달았다. 이틀에 한 번이나 사흘에 한 번이다. 하긴 토토는 원래 변비인 편이긴 했다. 오줌은 잘 싸니까 화장실이 마음에 들시 않는 건 아닌 것 같고, 좀 더 상태를 지켜볼까 생각하던 찰나, 사건은 일어났다.

3년 전, 우리 집에 온 토토가 처음으로 한 행동은 화장실에다 오줌을 싸는 것이었다. 그 후, 토토는 단 한 번도 실수한 적이 없다. 집사가 돌아오지 않아서, 너무 외로워서, 항의의 의미로, 등등 이런저런 이유로 구두나 가방이나 거실에서 대소변을 보는 고양이가 있다는 말은 들었지만, 토토는 절대 그런 호소 방법을 사용하지 않았다. 남은 배설물을 숨기지도 않는 대범한 고양이로 발판을 잘못 디뎌서 반이나 화장실 밖으로 싼 적도 있지만, 토토는 '실수했다'는 의식이 전혀 없다. 아니, 반이나 밖으로 나온 것도 모르는 것 같았다.

그런 토토가 침대 위에 남긴 것이다. 사흘 정도 싸지 못하고 뱃속에 담아두었던 딱딱한 응가를 데굴데굴.

그날은 거실에 토사물도 있었다고 한다. 토토는 자주 토하는 고양이는 아니지만, 스트레스가 쌓이면 토한다. 다들 바빠서 놀아주지 않는 날이 계속되거나 하면 토하는 일이 많다. 그러나 뭐 침대에 똥 싼 정도는 별로 이상한 일도 아니다.

나는 그걸 보지 않았다. 보고만 들었다. 들었을 때는 설마 하고 의심했다. 토토가 화장실이 아닌 곳에서 볼일을 본다는 건 생각할 수 없었다.

그날 밤, 대체 토토에게 무슨 일이 있었는지 남편과 긴급 회의를 열었다.

항의를 했을 리는 없고, 어디가 안 좋은 것도 아니고……. 그러나 확실히 변비 기미라는 얘기를 요즘 자주 했다……. 혹시 모래…….

"앗" 하고 남편이 소리쳤다. 며칠 전, 화장실 청소를 하는데 토토가 옆에 앉아서 "놀아줘"도 "밥 줘"도 아닌, 작고 작은 소리로 냐옹, 하고 울었다고 한다. 게다가 눈물이 글썽거리는 눈이었다고. "그건 혹시 화장실 모래가 싫다는 말을 한 걸지도……."

토토는 침대에서 볼일을 본 것을 제대로 인식하는 것 같았다. 평소에는 우리가 얘기하고 있으면, 꼭 시야에 들어오는 위치에 찾아와서 뒹굴거나, 장난감을 물고 와서 큰 소리를 내며 놀자고 명령하는데, 이날은 다다미 방 구석에 앞발을 모으고 얌전히 앉아서 움직이지 않았다. 부끄러운 걸까, 반성하는 걸까. "신경 쓰지 않아도 돼"라고 말해도 끝내 고개를 푹 숙이고 들지 않는다.

다음 날, 남편이 화장실 모래를 전부 바꾸기로 했다. 펄프 모래를 버리고 광물계를 좌라락 붓기 시작하자, 그 소리를 들은 토토가 다그닥다그닥 말처럼 전속력으로 달려오더니 아직 모래를 넣는 도중인 화장실에 들어가서 벽에 양발을 짚고, 응가를 똑똑 쌌다.

이게 뭐지. 그렇게도 참고 있었던가. 마음에 들지 않는다기보다, 아마 펄프가 너무 푹신해서 힘을 줄 수 없었을지도 모른다. 소변은 가능하지만, 큰 건 무리였을 것이다. 응가를 못 하니 스트레스로 토했을 것이다. "저긴 안 돼, 저기선 못 싸" 하고 난감해 하던 중, 마땅한 곳이 없을까 찾다가 침대에 올라갔던 게다. 그곳은 모래처럼 보드랍고, 모래를 긁듯이 이불을 긁을 수 있었다. 그래서 "여기밖에 없네!" 하고 굳게 마음먹고 힘을 주었을 것이다. 우리는 그렇게 추리했다.

　세상에는 집사의 소중한 가방이나 구두를 일부러 물어뜯고 "싫단 말이다옹!" 하고 의사를 주장하는 고양이도 있고, 불만은 하나도 없지만 여기저기 볼일을 보는 자유로운 고양이도 있다는데, 토토, 너는 싫다고 호소하지도 않고, 눈물로 속삭여 보았지만 알아주지도 않고, 그렇게 참고 또 참고 있었구나.

　실은 나도 그런 아이였다. 유치원에서 화장실에 가고 싶다는 말을 못해서 참고 또 참다가 집에 오는 버스를 타고, 그래도 참다가 비틀비틀 집에 도착해서, 도착한 순간 너무 참아서 속이 울렁거려 토해버렸다. 부축을 받아 화장실에 갔는데, 이때의 토사물이 갈색이었다. 간식으로 코코아를 마셔서란 걸 지금은 알지만, 말을 하지 않는 나 때문에 짜증이 난 엄마가 "그렇게 화장실 참으니까 위로 나오잖아" 하고 야단치듯이 말했다. 나는 그걸 꽤 나이 먹을 때까지 믿고 있었다. 배가 아픈 걸 참고 화장실에 가지 않으면 포화 상태가 되어 입으로 나온다고.

　이런 나여서 이 일련의 화장실 소동에 절대 웃지 못한다. 토토와 껴안고 서로 어깨를 토닥이고 싶을 정도다.

이제
고양이와 살기 이전의 나로
돌아갈 수 없다

　　　　친구 집 개나 고양이가 처음에 어디서
왔는지 모르는 경우가 많다. 반려동물이 없을 때부터 친구여
서 나중에 개나 고양이가 오는 경우는 그 경위를 듣게 되지만,
지인이 됐을 때 이미 개나 고양이를 키우는 집이면 그게 당연
한 게 되어, 그 개와 고양이는 어디서 왔는지 묻지 못하고, 그
집에서 태어났는가 하고 무의식중에 생각하기도 한다. 물론
사람이 사는 집에 개나 고양이는 태어나지 않으니, 어디에선
가 오긴 왔을 것이다.

새삼스럽게 친구나 지인에게 반려동물이 어디에서 왔는지 물어보니 벽보나 인터넷에서 분양 안내를 보고 입양하는 일이 가장 많았다. 친구네에서 태어난 아이를 얻어온 사람도 있었다. 나는 견종이나 묘종에 문외한이지만, '비글'이나 '먼치킨' 같은 확실한 이름이 있는 종류는 펫샵에서 데려오는 경우가 많은 것 같았다.

그리고 고양이 경우, '유기묘를 데려오는' 일이 왕왕 있었다.

옛날 만화 중에 새끼고양이나 강아지가 상자 속에 버려져 있는 장면이 흔히 있었다. 심술궂다고 생각했던 남자아이가 그걸 주워오거나 비 오는 날 우산 씌워주는 것을 주인공 여자아이가 목격하기도 한다.

또는 아이가 유기견이나 유기묘를 발견하여, 부모에게 키우고 싶다고 말했다가 거절당하는 에피소드, 키우지 못하게 된 개나 고양이를 부모가 멀리까지 버리러 가는 이야기도 몇 편인가 읽은 것 같다.

나는 어린 시절부터 지금까지 유기견, 유기묘를 만난 적이 단 한 번도 없다. 그래서 줄곧 유기견이나 길고양이는 픽션에서만 등장하는 거라고 생각했다.

그런데 유기묘가 의외로 많았다. 깜짝 놀랐다. 아직 눈도 뜨지 못한 새끼고양이를 종이봉투에 넣어서 버리기도 하고,

공원에 방치하기도 한다는 얘기를 들을 때마다 놀란다. 그걸 발견한 내 친구나 지인은 도저히 그냥 올 수 없어서 집에 데리고 와, 갓 태어난 아기라면 배설부터 우유까지 돌봐주며 키운다. 성묘지만, 전에는 집에서 키우던 고양이였는지 애교도 많고 사람을 잘 따르는 고양이가 계속 방치되어 있어서 보호했다는 얘기를 들은 적도 있다. 유기묘는 정말로 많은 것 같다.

유기묘를 본 적이 없는 나는 유기묘와 길고양이를 곧잘 혼동했다. 거기에다 밖에서 키우는 고양이도 있다.

작업실 근처에는 고양이가 많다. 얼굴을 자주 보는 고양이만도 대여섯 마리는 된다. 작업실 입구에서 당당하게 자고 있기도 하다. 다가가면 대부분 도망간다. 절대 사람을 잘 따르진 않지만, 그리 멀리는 가지 않고 가만히 이쪽을 보고 있다. 그 가까운 거리감으로 사람을 경계하지 않는다는 것을 알 수 있다.

자, 이 고양이들, 누가 밖에서 키우는 고양이이고 누가 길고양이인지 나는 잘 모른다. 다들 털의 윤기며 몸이며 훌륭하여, 어느 집에서 키우고 있거나 아니면 여러 집에서 밥을 잘 얻어먹고 다니는가보다고 상상한다. 이 고양이 중에서 가장 털이 지저분한 녀석이 있어서, 얘는 길고양이일 거라고 생각했지만, 일을 하는데 몇 집 떨어진 집 정원에서 고양이와 주인의 대화가 들렸다.

"이런이런, 밥이나 제대로 먹어."

"냐옹냐옹."

"그런 데 들어가지 말고 밥을 먹으라고."

"냐옹, 냐오오오오오옹"

"참내, 뭐가 그렇게 재미있냐, 이 뚱땡아."

"냐오옹냐오오오오옹" 하는 대화였는데, 이 냐옹냐옹하는 울음소리는 털이 지저분한 고양이의 소리다. 그냥 밖에서 길러서 지저분할 뿐이었다.

이 중에서 내가 보스라고 이름 붙인 고양이가 어느 날 맞은편 집 지붕에서 털을 고르고 있었다. 책상에서 얼굴을 드니, 마침 창으로 그 지붕이 보였다. 그 털 고르기를 무심코 보고 있자니, 무언가 배가 새빨갛게 부풀었다. 어? 하고 나는 창을 열고 몸을 내밀었다. 거리 탓에 그것이 찰과상인지 곪은 상처인지는 잘 보이지 않았다. 그러나 배에서 뒷다리 죽지까지 새빨갛다. 잠깐 너, 왜 그런 거니? 하고 말을 걸어도 다리를 벌린 채 꼼짝하지 않고 나를 보고 있다.

큰일났네, 보호해야 해, 나는 생각했다. 보호해서 병원에 데려가야 한다. 돌봐줘야 한다. 아아, 그렇지만 어떡하지, 우리 집에는 토토가 있다. 토토는 저렇게 크고 훌륭한 고양이와 사는 건 무리일 것이다. 아니, 응석쟁이에 외로움쟁이여서 언제나 자신만 봐주길 바라는 토토의 성격으로 보아, 다른 고양이와 공생하는 건 절대 무리다, 어떡하지.

그러다가 아니, 잠깐만, 하고 문득 생각했다. 눈앞에서 다리를 벌리고 넉살좋게 나를 보고 있는 고양이는 유기묘가 아닐지도 모른다. 밖에서 키우는 고양이일지도 모르고, 어딘가 특정 집에서 밥을 얻어먹고 다닐지도 모른다. 유기묘는 아니다.

길고양이가 곧 유기묘는 아니다, 라는 사실을 이 시점에서야 겨우 깨달은 것이다. 모른다는 건 무서운 일이구나, 하고 나도 놀랐다.

배가 빨갛게 부어 있던 보스였지만, 내 걱정을 무시하고 일주일쯤 뒤에 나타났을 때는 깨끗하게 나아 있었다. 또 내 작업실 앞에 당당히 드러누워 있었지만, 배는 아무렇지도 않았다. "어머, 어떻게 나았을까?" 하고 신기해했더니, "보스니까 그런 거 아냐?" 하는 남편의 알 수 없는, 그러나 알 것 같은 대답.

그런가 하면 자주 보던 고양이 한 마리가 어느 집 주차장에서 뒹굴뒹굴하는 것을 발견했다. 그 집 아저씨가 옆에서 세차를 하고 있었다. 어쩐지 그 집에서 키우는 고양이 같았다.

정말로 각양각색이네, 고양이.

이 고양이들은 밖에서 키우는 고양이도 길고양이도 밤새

작업실 맞은편 빈터에 모여서 고양이 집회를 열었다. 냐옹냐옹하고 서로 얘기하는 건 아니고, 각자 편한 방향을 향해 앉아 있거나 식빵 자세로 있다. 길고양이는 길고양이로서 살아가기를 선택했구나, 새삼스럽게 생각한다.

최근에는 지역 고양이라는 말이 있는 것 같다. 그 지역 자원봉사자가 길고양이가 늘어나지 않도록 고양이를 잡아서, 중성화 수술을 하고 그 징표를 달아서 다시 보낸다. 무턱대고 밥만 주는 게 아니라 배설물도 깨끗하게 처리한다. 그런 활동을 각 지역에서 하고 있다는 걸 알았다.

그리스에 두 번 여행을 갔지만, 두 번이나 대량의 길고양이를 보았다. 첫 번째는 로도스 섬에서. 해안을 산책하다 사람을 잘 따르는 고양이가 있어서 다가갔더니, 점점 고양이 숫자가 늘어났다. 뭐지, 이건? 하고 어안이 벙벙해 있는데, 머리가 긴 히피풍 남성이 나타나 "고양이, 여기 더 많아요. 볼래요?" 하고 손짓했다. 따라가니, 아마 그가 만든 듯한, 지붕이 있는 고양이 쉼터에 셀 수 없을 정도의 고양이가 있었다.

두 번째는 3년 전에 간 아테네. 파르테논 신전 아래, 공원 옆에 로도스 섬에서 본 것 같은 고양이 쉼터가 있었다. 마침 식사 시간이었는지, 통통한 여성이 커다란 부대로 사료를 갖고 와서 여기저기에 놓아주고 있었다. 고양이가 우르르 몰려와서 조용히 먹었다. 와, 또 고양이다, 생각하며 보고 있는데, 이 여성이 "곤니치와(안녕하세요)" 하고 말을 걸었다. 일본인이었던 것이다.

이틀 뒤에 이동한 크레타 섬에서도 기념품 가게 처마 아래 똑같은 고양이 쉼터가 있었다. 고양이 담당은 이 가게 여주인일 터. 밥을 먹고 있는 수없이 많은 고양이를 보고 있는데, 여주인이 나와서, 계속 코를 박고 먹고 있는 뚱뚱한 고양이를 치우고, 바로 옆에 쫓겨나 있던 가녀린 새끼고양이에게 장소를 물려주었다.

에노시마에도 미우라 반도에도 이스탄불에도 타이베이에도 시칠리 섬에도 싱가포르에도 길고양이는 수없이 많지만, 그리스에서 본 것만큼 많은 길고양이는 본 적이 없다. 그 아이들도 역시 지역 고양이라고 부를까.

여러 장소에서 길고양이를 봤지만, 역시 유기묘는 본 적이 없다. 이것은 그 사람의 타고난 지수이지 않을까, 생각될 정도다. 이를테면 길을 가다가 연예인을 자주 보는 사람이 있다. 전혀 못 보는 사람도 있다. 스쳐 지나가도 그 사람이 연예인인 걸 알아차리지 못하는 경우도 있다. 연예인 지수라는 것이 개개인에게 있는 게 아닐까. 이렇게도 유기묘를 본 적 없는 나는 유기묘 지수가 아주 낮은 것 같다.

하지만 지금은 지수가 낮은 채로 있고 싶다고 진지하게 생각한다. 고양이와 살고 있고, 고양이가 '고양이'라는 개념을 넘어서 존재감을 가지게 된 지금, 그런 식으로 방치된 고양이를 보면 나도 그대로 두지 못하고, 데리고 와서 돌보게 될 게 분명하다. 하지만 우리 토토가 질투하고 삐뚤어지고 난리일 게 눈에 훤하다. 그러니까 부디 유기묘야, 나타나지 마라, 하고 유기묘를 만나지도 않았으면서 걱정하는 나는 이제 고양이와 살기 이전의 나로는 돌아갈 수 없을 것 같다.

강아지 같은
고양이,
고양이 같은 강아지

나는 줄곧 개를 좋아했다. 생김새가 좋다. 개의 생김새는 곰 같은 것이 있는가 하면, 커다란 쥐인가 싶을 만큼 작은 것도 있고, 정말로 다양하지만, 다양한 모든 개를 좋아한다. 털이 복슬복슬해도, 근육질이어도, 코가 납작해도 너무너무 좋다.

그리고 그 순종, 일편단심, 올곧음이 좋다. 나이를 먹은 뒤에야 깨달았는데, 나는 정이 너무 깊은 경향이 있다. 무언가를 좋아하게 되면 일편단심으로 몸과 마음을 다해 좋아한다. 게

다가 상대에게도 똑같이 원한다. 젊은 시절에는 그 지나침을 깨닫지 못했다. 깨닫지 못한 채 얼렁뚱땅 숨기며 지내왔다. 그러나 아무리 숨기려고 해도 어디선가 배어나서 대부분의 남자는 그걸 무서워했다. 무서워한다는 것은 즉, 차였다는 말. 지금은 잘 안다. 나는 아주 부담스러운 여자였다.

그 사실을 깨달았을 때, 이 지나침을 해결할 방법은 개밖에 없다고 생각했다. 내 부담스러운 애정을 받아줄 상대라면 그것은 개. 개밖에 없다. 개라면 내 과도한 애정을 무서워하지 않고, 내가 원하는 만큼 똑같이 부담스럽게 돌려줄 것이다.

그래서 언젠가 개를 키우겠다고 생각했다. 그러니 좀처럼 결심을 하지 못했다. 언젠가, 언젠가…… 생각하는 사이에 고양이가 왔다.

고양이가 와서 한 가지 의문이 늘었다.

사람은 왜 개VS고양이라는 도식을 만드는 걸까?

일단 개파? 고양이파? 하는 질문이 있다. 나도 곧잘 했고, 지금도 한다. 예전의 나는 개파라고 공언했다.

그런데 개와 고양이 둘 다 좋아하는 사람 쪽이 많지 않을까. 그 비교법은 잘못됐다. 정확하게 비교하자면 "털파(고양이나 개나 새)? 무털파(물고기나 벌레나 거북)?"가 아닐까. 혹은 "동물(생물 전반)파? 비동물(피규어)파?"이거나.

더 있다. 이를테면 많은 사람이 모여서 술을 마실 때, "개는 영리해"라고 누군가가 말한다. 그러면 다른 누군가가 "아냐, 영리한 건 고양이지"라고 한다. 그때부터 한바탕 이러니저러니 설전이 오가다, 온순한 건 개고 영리한 건 고양이로 결론짓고서야, 모두가 이해하고 다음 화제로 넘어간다.

하지만 여기서도 말이다. 개도 고양이도 영리하다고 하면 되지 않는가. 더 정확하게 말하자면, "개도 고양이도 대부분 영리하지만, 간혹 멍청한 애도 있다." 더 보태자면 "멍청한 애는 멍청해서 귀여워."

개는 애교가 많고 고양이는 애교가 없다. 개는 사람을 좋아하고, 고양이는 집을 좋아한다. 개는 단체 행동을 좋아하고 고양이는 개인행동을 좋아한다. 개의 후각이 굉장하다고 누군가가 말하면, "아냐, 고양이도 사실은" 이렇게 나온다. 고양이는 청각이 뛰어나다고 누군가가 말하면, "아냐, 개도"가 된다.

이렇게 뭐든 대극에 놓고 우열 경쟁을 하는 것은 어째서일까.

이런 생각을 하게 된 것은 우리 토토에게는 고양이답지 않은 데가 많기 때문이다.

자유롭고 변덕쟁이에 개인행동을 좋아하는 '고양이'인 토토는 집에 모두 모여 있지 않으면 싫은 것 같다. 모두(라고 해도 남편과 나지만) 있을 때는 아주 얌전하게 해먹이나 복도에서 몸을 동그랗게 말고 잔다. 정신적으로 안정된 모습이다.

하지만 우리 집은 부부가 출장이 많다. 한 사람 빠지면, 토토는 남은 사람을 계속 따라다닌다. 화장실에 가면 다다다닥 달려오고, 목욕하러 들어가면 욕조 뚜껑 위에서 식빵을 굽는다. 식사를 하면 없는 사람 자리에 앉아서 물끄러미 먹는 모습을 보고 있다. 밖에서 조금이라도 소리가 나면 현관으로 날아간다. 그대로 문이 열리지 않아도 현관 앞에 누워 뒹굴며, 문이 열리고 한 사람이 더 나타나기를 기다린다.

출장이 아니어도 작업실에서 돌아오면 토토는 반드시 현관에 있다. 현관 등은 센서로 되어 있어, 밖에 있어도 그 불빛이 도어아이로 보인다. 돌아와서 도어아이가 오렌지빛이 되면, 토토가 소리를 듣고 지금 현관에 마중 나왔다는 말이다. 하지만 가끔 도어아이는 어두운데, 그러니까 불이 켜지지 않았는데, 문을 열면 토토가 그곳에 있는 일이 있다. 이것은 곧, 센서가 무인으로 판단하여 꺼졌을 만큼 줄곧 현관에서 꼼짝 않고 귀가를 기다렸다는 말이다.

문을 열어도 토토가 없을 때가 있다. 어? 하고 보면 "냐옹" 하면서 안쪽에서 달려 나온다. 그다음 반드시 뒷다리를 쭉 뻗는 걸 보아 자고 있었을 것이다. 그러나 자지 않은 척하며 현관에 달려 나와 사람 다리에 엉긴다.

전구를 간다거나 고장난 것을 고친다거나 설명서를 읽는다거나, 둘이 같이 무슨 작업을 시작하면, 꼭 복판에 들어와서 자기도 작업하느라 바쁜 것처럼 신묘한 표정을 짓는다. 동료의식이 강하다.

토토는 밥도 잘 기다린다. 토토가 가장 좋아하는 건조 닭가슴살은 그릇에 먹기 좋게 찢어주는데, 토토는 그걸 꼼짝 않고 기다린다. 고개를 들이밀고 먹거나 하지 않는다. 토토, 기다려, 기다려, 라고 하는 동안은 꼼짝 않고 기다린다. 뚝뚝, 침이 떨어질 때도 있다. 이 '뚝뚝'이 너무나 가엾어서 최근에는 별로 기다리게 하지 않는다.

놀기를 좋아하는 토토는 전에는 "놀아줘"라고 할 때, 특유의 굵고 큰 목소리를 내면서 오렌지색 털실 공을 갖고 왔다. 최근에는 "놀아줘"의 표현법이 바뀌어서, 어째선지 어두운 다다미방 구석에 우두커니 앉아 있다. "냐옹냐오오오오옹" 하고 더 큰 소리로 울면서, 다다미방 구석까지 처량히 걸어가서는 털썩 주저앉는다. 앉아서 삐친 듯이 고개를 푹 숙인다. 그 자세 그대로 움직이지 않는다.

나도 바빠서 그대로 두면 "미옹" 하고, 쉰 듯한 비참한 듯한 소리를 딱 한 번 내지른다. 그리고 또 움직이지 않는다. 고개를 숙이고 다다미를 응시한다.

그걸 매일, 매일, 매일 되풀이한다. 너무 매일 똑같아서 정점 관측처럼 사진을 찍어 보았다. 그러자 놀랍게도 토토는 다다미방 구석의 같은 다다미, 똑같은 위치에 매일 앉아 있었다.

이처럼 끈적하고 음습한 재촉은 고양이는 물론이고, 개도 안 하지 않을까.

이런 생물과 살고 있으니 개VS고양이에 무슨 의미가 있을까, 하는 생각이 든다.

그리고 나는 여전히 개를 좋아한다. 같은 맨션에 모모라는 시바견이 있다. 맨션 규정으로 현관 로비에서는 개를 안고 있어야 하는 듯, 엘리베이터에서 함께 탈 때, 언제나 모모는 주인 품에 안겨 있다. 고양이처럼 얌전하게 안겨 있다. 와, 모모, 하고 쓰다듬어도, 만지는 대로 가만히 있다.

"고양이 같은 개랍니다" 하고, 주인은 웃었다. 이 개도 아마 개답지 않은 일을 많이 하며 사는가 보다, 생각했다.

개VS고양이 얘기가 나올 때, 비교할 일이 아닌데, 라고 생각하지만, 귀찮아서 굳이 그런 식으로는 말하지 않고, "그렇지만 고양이는 이래" 하고 얘기에 낀다.

그리고 깨닫는 것은 아, 애초에 다들 고양이와 개는 대극이라고 생각하는 게 아니라 단순히 예전에 키웠던 개나 고양이, 지금 키우는 개나 고양이 얘기를 하고 싶은 거라는 사실이다. 왜냐하면 반드시 "근데 우리 고양이는 개 같아서"라거나 "우리 개는 하나도 안 똑똑해서" 하고 각각 사랑스러운 에피소드를 늘어놓기 바쁘니까.

"놀아줘"라고 할 때 토토는 밤낮을 가리지 않고
평소보다 큰 목소리로 냐오오오옹 하고 울면서
이 공을 갖고 옵니다.
그러나 이 공으로 놀고 싶은 게 아니라
빨대나 페트병 뚜껑으로 놀고 싶은 겁니다.
이 오렌지색 공은 요컨대 토토에게
말이라고 생각합니다.

좀처럼 켜지 않는 텔레비전을 켰더니,
토토는 아저씨가 되었다.

가끔
반항을
한다

우리 토토는 사람 음식을 먹은 적이 없다. 그래서인지 무엇이 맛있고 무엇이 맛없는 음식인지 판단하지 못하는 것 같다.

토토가 식탁에 올라가지 못하도록 처음에는 주의했지만, 몇 번이고 올라와서 포기하고 마음대로 하게 내버려두었다. 참고로 싱크대는 올라가면 안 된다는 것은 잘 알고 있어서 이쪽은 올라가지 않는다. 관심을 끌고 싶을 때 일부러 올라갈 때도 있지만, 그때는 "굳이 나쁜 짓을 하고 있음" 하는 표정이니 알고 있는 것 같다.

식탁은 무리였다. 식사 중이 아닐 때, 곧잘 가장자리에서 잔다. 우리 둘 중 한 사람이 부재중이면, 마치 부재중인 사람 역할을 하듯이 부재중인 쪽 자리에 앉는다.

식사 중에도 올라온다. 이건 싫은 사람은 정말 싫을 것이다. 그래서 손님이 올 때는 주의하지만, 두 식구만 있을 때는 이제 신경 쓰지 않게 됐다.

요리가 몇 접시씩 식탁에 올라와도 토토는 흥미가 없다. 가장자리에 누워서 밥 먹는 사람을 흘깃 볼 뿐이다. 꽁치구이도 그렇고, 생선회도 그렇다. 눈길 한번 주지 않는다.

생선회는 딱 한 번 먹은 적이 있다. 중성화 수술을 한 뒤, 식욕이 떨어진 건 아니지만, 목 칼라를 차고 있는 것이 불쌍해서 '수술하느라 고생했어' 하는 마음으로 토토에게 참치회를 주었다. 얼마나 신나게 먹을까 기대하며 보았지만, 통조림을 먹을 때와 전혀 다를 바 없이 담담하게 먹었다. 그러나 맛있었을 것이다. 신나 보이지는 않았지만, 쉼 없이 다 먹었다. 그래서 생선회가 맛있다는 건 알고 있을 텐데 다가오지 않는다.

하지만 가끔 흥미가 생길 때도 있는 것 같다.

전에 푸딩을 먹고 있는데, 슬금슬금 다가오더니 어쩐 일로 고개를 쭉 빼고 킁킁킁킁 푸딩 냄새를 맡았다. 먹으려는 건가, 했더니 그대로의 자세로 입맛만 쩝쩝 두어 번 다시더니 떨어졌다. 떨어진 채 빤히 보고 있었다.

도토루나 스타벅스에서 산 아이스라테 계통의 것도 얼굴을 붙일 듯이 다가와서 빨대 냄새를 열심히 맡고, 입맛만 다시고 떨어진다. 이것도 두 번.

슈크림을 먹을 때도 똑같은 일이 있었다. 혹시 토토는 우유 맛을 좋아하는 건지도 모르겠다.

가다랑어를 만진 뒤의 손도, 날생선을 만진 뒤의 손가락도, 내밀면 열심히 냄새를 맡고 얌전히 혀를 날름거린다.

기특한 것은 그 대상을 핥지 않는다는 것이다. 아주 가까운 거리여서 재빨리 핥는 것이 어렵지 않을 뿐만 아니라, 반사적으로 그러고 싶을 텐데 하지 않는다. 날름날름 자기 코 아래만 핥을 뿐.

토토가 갓 왔을 무렵, "고양이가 핥아서 깼다"라고 남편이 말했다. 토토는 새벽에 자는 사람 배에 올라가서 얼굴과 얼굴이 닿을 듯한 위치에서 식빵을 굽고 있다. 그리고 혀로 날름날름 핥을 때가 있다.

하지만 최근에 깨달은 건 토토는 무언가 의도가 있어서 사람의 입을 핥는 게 아니라, 혀를 쩝쩝거리다 우연히 닿았을 뿐인 것 같다.

왠지 토토는 사람 배에 올라오면 먼저 입 냄새를 맡는다. 킁킁킁킁킁 진지하게 코를 움직인다. 이때도 역시 날름날름 입맛을 다신다. 거리가 너무 가까워서 그게 우리 코와 입에 닿는다.

아, 정말로 어찌나 예의 바르고 속 깊은 고양이인가, 하고 그 조심스러운 혀 핥기를 볼 때마다 감탄한다.

토토는 밥 재촉도 고상하다. 발밑에 스윽 몸을 비비고, 그다음 양 앞발로 머리를 감싸듯이 하고 댕구르르 뒹굴며 이쪽을 본다. 그렇게 귀여운 짓 하지 않아도 밥을 준비할 텐데, 그러나 거의 매번 그 자세로 나를 본다.

그런 토토이지만, 유일하게 고상함 따위 내팽개칠 때가 있는데, 그건 바로 김 때문이다.

토토가 한 살 때다. 어떤 이유였는지 잊었지만, 김만 먹고 있는데 토토가 식탁에 폴짝 뛰어 올라오더니, 평소의 배로 빠르게 다가와서 김을 먹었다. 그런 짓을 하지 않는 고양이여서, 놀라서 김을 한 장 더 주니, 오물오물 먹었다. 어, 토토, 김을 좋아하는구나, 하고 놀랐지만, 그 후 김은 고양이의 건강에 좋지 않다고 지인이 알려주어서, 가엾지만 일절 주지 않게 됐다.

그러나 토토는 김에는 민첩하다.

주먹밥을 만들려고 김을 준비하면, 어디선가 소리도 없이 스윽 나타나서 발밑에 달라붙어, 싱크대에 올라갈 기세로 바라보고 있다.

그 정도라면 그나마 괜찮다.

김으로 싼 주먹밥을 먹고 있으면, 또 닌자처럼 다가와서 고개를 들이밀고 먹으려고 한다. 날름 정도가 아니다. 얼굴을 얼굴에 꾹 들이댄다. 주먹밥을 든 손에 얼굴을 바싹 밀어붙인다. 팔로 가까이 오지 못하도록 저지하면, 그 팔에 살짝 머리를 올리고 엄청나게 힘을 준 눈으로 먹는 사람을 바라본다.

언제였던가, 남편이 편의점 주먹밥을 사와서 먹지 않고 식탁에 올려둔 채 잔 적이 있다. 다음 날 아침, 그 주먹밥을 보니 포장지 끝에 작은 이빨 자국이 있었다. 어쩐지 토토가 물어뜯은 것 같았다. 포장을 다 물어뜯어버리는 고양이도 있겠지만, 토토는 그렇게까지 하진 않았다. 주먹밥 부분에는 이빨 자국이 없고, 포장지 끝에만 있는 것이 너무나 토토다웠다.

사람이 보지 않는 곳에서도 고상함을 버린 적이 있다.

저녁으로 먹고 남은 만두에 랩을 씌워놓고 목욕을 하고 나오니, 랩이 벗겨지고 만두 한 개가 홀연히 사라졌다. 남편은 부재중이어서 먹은 범인은 토토밖에 없지만, 평소 사람 음식에 전혀 흥미를 보이지 않는 터라 단언할 수는 없었다. 다섯 개 남겼다고 생각했지만, 어쩌면 처음부터 네 개였지 않을까? 그렇게 생각하면서 해먹에서 동그랗게 몸을 말고 자는 토토에게 살짝 다가가서, 입을 벌려 냄새를 맡으니, 세상에나 만두 냄새가 확 나는 게 아닌가. "토토! 먹으면 안 되는 거야!" 하고 야단치니, 잘못했다는 자각이 있는지 눈을 돌리고 절대 마주치지 않았다.

또 다른 날. 고구마튀김과 무 조림 남은 것을 냄비에 넣은 채, 식히기 위해 뚜껑을 덮지 않고 겨우 몇 분 주방을 떠났다. 그리고 돌아와 보니, 고구마튀김 한 개가 바닥에 떨어져 있었다. 게다가 동그랗게 베어 문 자국도 있다. 이 고상한 이빨 자국은……. "토토!" 하고 그 모습을 찾으니, 지금 막 훔쳐 먹은 주제에 한참 전부터 그러고 있었던 것처럼 침대에 농그랗게 앉아서 눈을 감고 있다. 훔쳐 먹던 중에 내 발소리를 듣고 얼른 침대에 올라가서 몸을 말고, 토토! 하는 성난 소리를 들으며 자는 척하는 것이리라. "토토, 염분은 몸에 나빠. 먹으면 안 되는 거야" 하고 흔드니, 흔들리는 채로 눈을 뜨지 않고 계속 자는 척했다.

그러나 만두와 고구마튀김은 먹고 싶어서 먹었는지, 아니면 무언가 나쁜 짓을 하고 싶어서 먹었는지 좀 모호한 데가 있다. 관심을 끌고 싶을 때 일부러 금지된 행동을 하는 고양이니.

그리하여 현재 토토가 먹어본 사람 음식은 참치회, 김, 만두, 고구마튀김 뿐이다. 저녁 먹고 남은 것은 랩을 씌울 게 아니라 밀폐용기에 넣기, 식으면 바로 냉장고에 넣기, 잠시만 자리를 비워도 냄비에는 뚜껑을 덮고 오물은 바로 씻기, 음식물 쓰레기 바구니도 바로 깨끗이 하기. 토토가 온 뒤로 조심하게 된 것들이다. 주방은 항상 정리한다. 정말 고마운 일이다.

**잠든 너의
숨소리를
듣는다**

        토토는 전에는 새벽녘뿐이었는데, 이제 잘 때도 사람 옆에 있고 싶은 것 같다. 여름에는 침대 밑에서 배를 드러내고 잔다. 겨울에는 캣타워에 달린 해먹에서 자지만, 내가 침대로 가면 얼른 따라온다. 침대에 먼저 진을 칠 때도 있다. 그러고 나서 누우면 내 왼쪽 겨드랑이로 들어와서 목을 갸릉거리면서 멍한 얼굴로 꾹꾹이를 되풀이한다. 꾹꾹이가 끝나면 왼쪽 팔꿈치에 턱을 올리고, 내 얼굴을 빤히 보면서 계속 갸릉거린다.

신기한 것은 토토의 완고한 규칙이다. 일단 이불 안에 들어가지 않는다. 왼쪽 팔을 이불에 넣고 있으면, 침대 밑이나 침대 구석에 오도카니 앉아서 원망스러운 듯이 이쪽을 보고 있다. 그래서 나는 토토가 들어가기 쉽도록 한겨울에도 왼쪽 팔을 이불 위로 내놓는다.

반드시 왼쪽 겨드랑이라는 것도 규칙이다. 낮에 침대에 누워서 책을 읽고 있으면 배에 올라오지만, 밤에 잘 때는 왼쪽 겨드랑이. 발밑에도 다리 사이에도 들어가지 않는다. 오른쪽 겨드랑이에도 절대로 들어가지 않는다.

그리고 좀 부담스럽게 토토는 나를 보길 원한다. 왼쪽 팔죽지에 턱을 올리고, 나를 빤히 보는 토토는 내가 왼쪽을 향하고 있으면 안심하고 눈을 감는다. 하지만 오른쪽을 보려고 하면 바로 일어나서 내 머리칼을 빗듯이 긁거나 오른쪽으로 와서 꼼짝하지 않고 서서 나를 끈적하게 본다. 왼쪽을 향하면 안심하고 다시 왼쪽 팔죽지로 돌아가서 갸릉거리면서 잠자는 태세에 들어간다.

그러나 나도 오른쪽을 향해 자고 싶을 때가 있다. 그럴 때, 토토는 오른쪽으로 오지만, 오른쪽 예의라는 것이 토토에게 있는 듯, 겨드랑이에는 들어가지 않고 나와 마주보고 동그랗게 몸을 만다. 어째서 왼쪽은 팔죽지이고 오른쪽은 동그란 자세인지 도무지 그 규칙의 근거를 모르겠다.

한 가지 더 신기한 게 있다. 왼쪽 팔죽지에서 내 얼굴이 자기 쪽을 향하는 걸 확인하고, 눈을 감고 있는 토토지만, 진짜 잘 때는 벌떡 일어나서 침대에서 내려간다. 갸릉갸릉 목 울리는 소리가 작아지다 뚝 끊기면, '진짜 잠들었음'이란 사인이지만, 그 시점에서 꼭 벌떡 일어난다. "헉, 잘 뻔했다옹" 하는 표정으로 팔죽지에서 스르르 빠져나간다.

아침에 일어나면 토토는 침대 끝에 몸을 묻고 자고 있다. 어차피 돌아올 걸 일일이 "헉" 하고 놀라지 않아도 될 텐데, 라고 생각하지만, 사람 팔베개를 한 채로 자면 안 된다는 동물 본능이라도 있는 걸까.

그런데 올겨울. 토토의 이 동물 본능이 옅어지기 시작했다.

팔죽지에서 갸릉갸릉 눈을 감고, 갸릉갸릉 소리가 멎고 진짜 잠이 들어도 "헉" 하지도 않고, 팔죽지에 얼굴을 묻은 채 잔다. 자세를 바꾸어 이쪽으로 뒤통수를 보이고 숙면을 취한다.

고양이가 사람과 똑같이 숨소리를 내는 것을 처음 알았다.

그야 물론 생물이니 호흡한다는 건 알고 있다. 하지만 깨어 있을 때의 고양이 호흡은 하는지 안 하는지 모를 정도로 조용하다. 그래서 잘 때도 전혀 소리를 내지 않는 줄 알았다.

쿠, 피, 쿠, 피, 등 굉장한 숨소리를 내며 잔다. 사람보다 크지 않나 싶은 그 호흡 소리를 처음 들었을 때, 나는 잠든 고양이 얼굴을 뚫어지게 쳐다보았다. 그리고 이때, 처음으로 느낀 어떤 것이 서서히 온몸에 차 나갔다. 그 '어떤 것'은 무언가 인제 이걸로 완전 오케이, 같은 기분이었다. 인제 아무것도 필요 없어, 이것만으로 좋아, 하는 만족감. 당연하지만, 고양이 자는 숨소리를 듣고 자는 얼굴을 보고 있어도 고민은 해결되지 않는다. 내일이 되면 또 바라는 것이 잔뜩 생긴다. 그래도 지금, 아, 이 순간만큼은 정말로 아무것도 필요 없습니다, 내게 필요한 것은 몽땅 여기 있습니다, 라는 생각이 든다. 이 느낌, 기존의 말로 한다면 '너무 행복해'에 가장 가까울 것 같다.

어쩌면 잠든 아기를 보는 부모의 마음이 이럴지도 모른다.

그러나 설마 고양이 숨소리로 내가 행복을 느낄 줄은 몰랐다. 게다가 해먹에 들어가서 자는 얼굴에서는 딱히 별생각이 없었으니, 내가 '너무 행복해'의 경지에 이른 것은 잠자는 얼굴이 아니라 잠자는 숨소리다. 혹은 잠자는 숨소리가 들릴 정도의 거리감이거나 동물 본능을 잃을 정도로 마음을 허락한 존재이거나.

아까도 그런 식으로 잠들었다가 문득 눈을 뜨니, 토토가 팔죽지에 고개를 올리고 쿨쿨 자고 있었다. 그건 언제나의 일이지만, 그 얼굴을 보고 있는데 갑자기 입가를 흠냐흠냐흠냐흠냐 움직이는 게 아닌가. 그리고 감고 있는 눈꺼풀 아래에서 안구가 바쁘게 움직이고, 눈두덩이 움찔움찔움찔 움직이고 있다. 그러다 점점 반쯤 눈이 떠지고, 반쯤 뜬 눈꺼풀 아래로 움직이는 안구가 보인다.

이, 이것은, 렘수면이 아닌가!

고양이도 렘수면이 있나?

고양이의 그런 모습을 처음 본 나는 놀란 나머지 숨을 죽이고, 안면을 부지런히 움직이는 토토를 넋을 잃고 보았다.

한참 전부터 해먹에서 자면서 입을 오물오물 움직이거나 "흠냐옹" 하고 작은 소리로 울거나 깜짝 놀란 듯이 눈을 번쩍 뜨고 한 곳을 응시하기도 해서, 고양이도 꿈을 꾸는구나 하고 생각하긴 했다.

그런데 지금이야말로 토토가 꿈을 꾸는 순간을 목격하고 있다.

입을 바쁘게 오물오물거리는 것은 역시 무언가 먹고 있으리라. 그리고 이 빠른 눈동자 움직임, 창밖의 새나 땅을 기는 벌레, 그런 걸 눈으로 좇고 있는 게 분명하다.

우리 토토는 태어난 사이바라 리에코 씨 집과 3개월 만에 온 우리 집밖에 모른다. 뭐, 전철도 버스도 타본 적 있고, 병원에 가는 길도 알지만, 공원이나 극장이나 밤의 길고양이 집회나, 눈 덮인 후지산이나 바다 등등 대부분은 모른다.

그래서 나는 토토의 꿈을 상상한다. 토토의 꿈에는 바다도 후지산도 나오지 않을 것이다. 밥 먹는 거나 해먹이나 그런 것만 나올 것이다. 밥은 분명 먹은 적도 없는 전복이나 소고기나 꽁치가 아니라 제일 좋아하는 건조 닭가슴살이나 백 엔짜리 통조림이겠지.

아니, 잠깐만. 우리도 이 세상밖에 모르지만, 우주나 저 세상이나 현실이라고 생각할 수 없는 장소를 꿈에서 본다. 날아본 적도 없는데 날고 있고, 간 적도 없는데 꿈에 본 장소가 괌이란 걸 알 때도 있다. 나는 꿈속에서 네모 함장의 잠수함을 탄 적도 있다.

그렇다면 토토도 자기가 모르는 이 넓은 세계와 우주와 미확인 생물의 꿈을 꿀 가능성이 있다. 먹는 것은 닭가슴살이라고 한정할 수 없고, 눈으로 좇고 있는 것이 새라고 단정할 수 없다. 무언가 더 대단한 것과 어떤 사명을 갖고 싸우고 있을지도 모른다.

잠든 토토가 신음하는 것은 지금까지 한 번도 본 적이 없다. 신음하거나 위협하거나 무서워한 적이 없다. 그래서 멋대로 토토는 악몽을 꾸지 않는구나, 하고 단정했다. 밖에서 씩씩하게 다니는 고양이와는 비교가 안 되겠지만, 토토에게는 토토 나름대로 무섭고, 고통스럽고, 외롭고, 배고프고, 하는 여러 가지 감정이 있을 것이다. 자는 모습을 보고 있으면 뭔지 모르게 그런 암담한 일들이 아니라, 맛있는 것을 먹고, 누군가와 놀고, 마음껏 달리고, (실제보다 훨씬 훌륭하게) 공중돌기를 하고 점 프를 하는, 그런 즐거운 꿈을 꾸고 있는 것 같다.

실은 내 바람이긴 하다. 부디 토토가 꿈속에서 무섭고 불 쌍한 일을 당하지 않기를, 하는 바보 같지만 진지한 바람. 우리 사람은 무서운 꿈을 남한테 얘기하며 웃긴 얘기로 만들 수도 있지만, 고양이는 그걸 전할 수가 없으니 말이다.

그건 그렇고, 내가 고양이 숨소리에 큰 행복을 느낄 뿐만 아니라, 고양이의 꿈속까지 평온하길 기도하는 사람이었다니 토토를 만나기까지 몰랐던 일이다.

나에게 와서
그런 고양이가 되었는지도
모른다

친구의 아이를 처음 만났을 때, 그 아이는 한 마디도 하지 않고, 내 쪽을 절대 보려고도 하지 않았다. 아, 알아, 알아, 그 마음. 나도 그런 아이였어.

그런데 다음에 만났을 때, 이 아이는 백팔십도 달라져서 명랑하게 수다를 떠는 여자아이가 되어 있었다. 처음 듣는 목소리는 얼마나 귀엽던지.

성격이 바뀌었나 했더니 그런 게 아니라, 처음 만났을 때는 낯을 가리는 시기였던 것 같다. 그리고 보니 아기 때는 굉장히 사람을 잘 따랐는데, 다음에 만났을 때는 보채고 엄마 가슴에 얼굴을 묻고 있는 아이들도 있다.

아무래도 나는 나의 낯가림 시기를 기억하지 못하지만, 철이 들었을 때부터 낯가림을 했다. 아직 낯을 가린다. 대처법은 익혔지만, 어린 시절 심하게 낯을 가렸던 모습은 아직도 심지 부분에 자리하고 있다.

토토는 낯을 조금도 가리지 않는 고양이였다. 우리 집에 온 날 이미 남편의 무릎에서 자고, 밤에는 내 베개에 머리를 올리고 잤다.

친구가 놀러 오면 솔선하여 맞이하러 나갔다. 취재팀을 아주 좋아해서 줄곧 따라다니고, 카메라 앞에서 점잖게 자세를 취했다. 아무리 큰 기재가 집에 들어와도 무서워하는 법이 없었다. 연배의 남성 기자 무릎에서 놀 때도 있었다.

딩동, 하는 인터폰 소리도 아주 좋아해서 인터폰이 울리면 현관으로 곧장 달려 나갔다. 택배가 오면 계속 냄새를 맡았다.

그런데 두 살하고 반년쯤 지난 어느 날, 딩동, 하는 소리가 나자 놀라서 펄쩍 뛰어오르며 움직임을 멈추더니, 현관의 기척을 살피는 것이었다. 전처럼 환영하러 나가거나 하지 않았다.

친구가 놀러 오면 얼른 자세를 낮추고 침대나 소파 밑으로 도망쳤다. 대체 고양이에게 무슨 일이 있었는가.

그러나 그렇게 도망친 주제에 이삼 분이면 쪼르륵 나온다. 쪼르륵 나와서 친구 짐이나 개켜놓은 코트 냄새를 일일이 맡고 다닌다. 실컷 맡고 나면 우리의 시야에 들어오도록 유유히 걸어 다니다, 친구의 정강이에 발톱을 갈아서 발견하자마자 얼른 떼어낸다.

그런 점은 전혀 달라지지 않았는데, 왜 친구가 들어올 때 일단 도망쳐서 숨는 걸까, 도통 알 수 없다. 안전하지 않은 자가 올 가능성이 있다고 판단한 걸까. 그리고 "안전한 자가 온 것 같네" 하고 몇 분 동안 판단하고 나오는 걸까?

토토의 이 변화에 관해 한 가지 짚이는 일이 있다.

세탁기를 새로 샀을 때의 일이다. 직원이 두 명 와서 낡은 세탁기를 철거하고, 새 세탁기를 담요에 실어 날랐다. 담요를 미끄러뜨려 나르는 것이니 소리는 나지 않았지만, 운반하는 사람 중 한 사람이 씨름선수 같은 거구여서 발소리가 엄청 났다. 그렇게 새 세탁기를 설치해 사용할 수 있도록 해주고, 두 사람은 떠났다. 가고 나서 깨달았지만, 토토가 없었다. 나는 파랗게 질려서 토토를 부르며 온 집안을 찾았지만, 없었다. 혹시 아까 세탁기를 들이고 빼고 할 때, 열어둔 문으로 탈출한 게 아닐까 하고, 현관을 나가 맨션 복도와 계단으로 찾아다녔다. 무릎이 떨렸다.

토토는 집 안에 있었다. 해가 들지 않는 어두운 방의 커튼 뒤 창틀에서 동그랗게 몸을 말고 숨어 있었다. 세탁기나, 거구의 남자나, 발소리가 무서웠던 것이다.

돌이켜 생각해보니 그 후부터다. 토토가 딩동 소리를 경계하게 된 것은. 그들이 아니라고 판단한 뒤에야 스르륵 등장한다.

그 밖에도 아기 때와 비교하면 토토는 많이 바뀌었다.

새끼고양이였던 탓도 있겠지만, 어쨌든 호기심 왕성하고 무서운 것 없던 용감한 고양이였다. 그러던 토토가 어느새 보니 신중하고 모험을 하지 않는 고양이가 돼 있었다.

이것은 다양한 실패에서 배운 변화라고 생각된다.

토토는 전에는 욕실에 있는 걸 좋아했다. 토토를 위해 욕조 덮개에 수건을 깔아주면 펄쩍 수건 위에 올라왔다. 그리고 식빵 자세로 앉아서 욕조에 있는 나를 빤히 보고 있다. 그런데 이제 욕실에는 절대 가까이 가지 않는다. 이건 토토가 가장자리를 걷다가 욕조 안에 떨어진 적이 있기 때문이다. 물이 얕아서 하반신이 젖는 정도로 끝났지만, 토토는 놀란 나머지 마구 도망치다 주변을 물범벅으로 만들었다. 그 후로 두 번 다시 욕실 뚜껑에 깐 수건에는 앉지 않았다.

토토는 그러고도 더 많은 실패를 체험했다. 놀다가 침대에서 떨어졌다. 꿈속에서 뛰다가 벽에 부딪혔다. 식탁에서 자다가 몸을 뒤집는 바람에 등부터 바닥에 떨어졌다. 그런 모습을 전부 사람에게 들켰다. 놀라게 하고 때로 웃음을 샀다. 운동 신경이 둔함을 자각하고 신중해졌을 것이다.

다른 고양이는 잘 모르겠는데, 아무리 실패해도 호기심 왕성한 채로 무모하게 어른이 되는 고양이도 있겠지만, 토토는 무언가 무서웠을 때마다, 실패 체험을 거듭할 때마다, 소극적이 되어가는 것 같다.

사람도 태어날 때는 완전히 무적이었지만, 무서운 것, 고통스러운 것을 알아가면서 조금씩 어른이 되어간다. 그런 것들과 어떻게 타협하는가가 우리의 성격 형성에 영향을 미치는 것 같다.

나는 토토와 좀 비슷하다. 낯을 가리면서도 어린 시절이 가장 활동적이고 적극적이었고, 점점 비활동적이고 소극적이 됐다. 아픈 일, 무서운 일, 힘든 일은 되도록 피했다. 모험하지 않았다. 탐험하지 않았다. 호기심을 갖지 않았다. 아, 내가 토토와 비슷한 게 아니라, 토토가 그런 집사에게 와서 그렇게 됐구나 하는 사실을 새삼 깨닫는다.

나는 일을 하게 되면서 비활동적이고 소극적이고 안으로만 갇히려 하는 자신을 숨기는 기술을 익혔다. 원래 활동적이고 적극적인 사람이 아니지만, 비활동적이지 '않은', 소극적이지 '않은' 척을 할 수 있게 됐다. 어린 시절과 다를 바 없는 격한 낯가림도 지금은 다 감출 수 있다. 낯가림하는 것 거짓말 아니냐고 종종 내 자신도 속을 정도다.

그렇다면 토토도 이제 나이를 먹으면 달라질까. 심지는 달라지지 않아도 옆에서 보면 달라진 것처럼 보일까. 그런 기술을 익혀갈까.

토토가 일관되게 달라지지 않는 것은 외로움쟁이인 부분이다.

고양이는 항상 사람이 자신을 볼 수 있는 위치에 있다고 들은 적이 있긴 하지만, 토토는 언제나 사람이 보이는 위치에 있다. 자고 있어도 이따금 실눈을 뜨고 거기에 사람이 있는지 확인한다. 부부가 둘 다 외출했다가 한밤중에 돌아올 때는 약을 먹이려고 안아 올리기만 해도 아르르르르 하고 목을 올린다.

토토가 욕실에 들어왔던 것은 들어가 있는 사람을 보고 싶었기 때문이다. 욕실에 들어갈 수 없게 된 지금은 내가 욕실에 들어가 있으면 부른다. 평소와 완전히 다른, "놀아줘" 버전의 굵은 목소리로 장난감을 물고 복도를 어슬렁거리면서 부른다. 욕실에서 살그머니 나와서 그 모습을 확인했지만, 여기서 눈이 마주치자 토토는 장난감을 툭 떨어뜨리고 울음을 그쳤다.

그랬구나, 하고 나는 그런 토토와 살면서 지난날을 생각한다. 나도 저렇게 낯가림이 심했는데도 사람을 좋아했다. 친구를 좋아해서 친구와 함께 친구네 집에 가고 싶을 정도였다. 지금도 낯은 가리면서 사람 만나는 건 좋아한다. 술자리를 만드는 것은 술을 마시면 낯가림이 없어져 많은 사람과 얘기를 할 수 있기 때문이다.

아, 역시 닮아버린 거구나, 토토.

그러나 나쁜 점만 닮고, 좋은 점은 닮지 않은 게 아니네, 하고 가슴을 쓸어내렸다. 그리고 나는 얼마나 고양이 바보인가, 하고 언제나 도달하는 결론에 또 빠진다.

의욕에 차서 디제잉

휘유— 하고 휴식하는 관록의 토토

토토가 없네, 했더니
이렇게 현관에서 남편이 돌아오길 기다리고 있다.

앞으로 돌아가서 얼굴을 보니⋯⋯

무언가
애처로운 얼굴이다!!

서로
얕보면서
가족이 된다

"연애에서 '가볍게 보다', '얕보다'라는 건 중요한 사실 아닐까", 라는 말은 소설가 가와카미 히로미 씨의 에세이에 나오는 한 구절이다. 읽었을 때, 우왓, 했다. "얕보기만 하면 연애가 되지 않는다. 그리고 또 한쪽만 얕봐도 안 된다……" 하는 식으로 문장은 이어진다.

우왓, 이라고 생각한 것은 '얕보다'라는 말에 놀라서다.

연애 초기, 이 사람 멋있다, 근사하다 존경스러워, 너무 좋아. 정도의 차는 있지만, 누구나 상대를 그렇게 생각할 것이다.

거기서 거리가 가까워지면 이런 점이 별로 마음에 안 든다거나 존경할 수 없어, 하는 점이 보이기 시작한다. 그 속에 "이 사람 무언가 불쌍해"라고 생각하는 마음도 있다. 상대 역시 나를 불쌍하게 생각하게 하고 싶지 않으니, 물론 그런 말은 하지 않는다. 그러나 생각한다. 이 사람, 무언가 불쌍하다. 그 '불쌍하다'가 나왔을 때, 연애가 연애이지 않을까, 라고 생각한다. 왜냐하면 불쌍한 사람을 떠나면 더 불쌍하지 않은가.

이 '불쌍하다'야말로 '얕보다'가 아닐까, 하고 생각했다.

불쌍하다고 생각하는 것, 얕보는 것은 연애하는 두 사람에게만 허락된 특권 같기도 하다.

토토를 보고 있다가, 한참 옛날에 했던 그런 생각을 문득 떠올렸다.

나는 토토를 얕보고 있다는 걸 깨달은 것이다. 토토를 가볍게 보고 있다. 깔보고 있다.

다른 집 고양이가 오뎅꼬치로 놀면서 엄청나게 높이 점프하는 걸 보면 "와아, 대단하다!" 하는 소리가 절로 나온다. 고양이를 키우기 전에는 그런 일 없었다. 고양이니까 높이 뛰겠지, 라고만 생각했다. 그런데 지금은 그 고양이가 운동 능력이 뛰어난 고양이였다는 걸 안다. 토토와 비교하면.

토토는 그렇게 높이 뛰지 못한다. 놀아달라고 조르는 토토를 오뎅꼬치나 반짝거리는 불빛으로 놀아주지만, 마음 한편으로 토토는 그렇게 높이 뛰지 못하는구나…… 하고 생각한다.

고양이는 상자나 자루를 좋아해서 고양이 블로그에서 보면 그 집 고양이가 작은 상자나 자루에 들어가 있다. 작업실 근처의 고양이도 바구니에 쏙 들어가서 동그랗게 몸을 말고 있다. "와, 좋겠다"라고 생각한다. 이것도 역시 전에는 그런 생각 하지 않았다. 재미있겠다고는 생각했지만, 고양이는 원래 그런 줄 알았다. 그런데 지금은 진심으로 좋겠다고 생각한다.

토토는 상자도 자루도 냄비도 거들떠보지 않는다…….

여행지에서 사람을 잘 따르는 고양이를 마구 쓰다듬으면서 그 다리의 가늘기, 길이, 우아함에 "우와, 가늘다!" 소리가 절로 나온다. 전에도 길고양이를 쓰다듬은 적 있지만, 다리가 가늘다, 길다 그런 생각은 한 적도 없었다.

집에 돌아와서 앞발을 모으고 앉아 있는 토토를 보고, 참 굵고 튼튼한 다리구나, 하고 무언가 아쉬운 듯이 생각한다.

치근거리는 성격인 토토는 제일 좋아하는 건조 닭가슴살을 먹고 싶을 때, 놀아주길 바랄 때, 앞발을 모으고 방구석에 정물화처럼 앉아 있다. 내가 무언가 하고 있어서 손을 떼지 못할 때, 그 무언가를 하면서 "아직 거기 있나?" 하고 돌아보면, 토토는 역시 같은 자리에서 꼼짝하지 않고 있다. "같은 자리에

있겠지" 하는 것도 단순한 추측이 아니라, "어차피……" 하는
마음이다.

이런 전부가 무의식적으로 '얕보는 것'이다.

토토니까 할 수 있을 리 없고, 할 리 없다. 토토인걸.

토토가 내 어깨높이의 창턱에 올라갔다가 내려오질 못하
는지, 냐오옹, 하고 조그맣고 한심하게 운 적이 있다. "아, 진짜.
내려오지 못할 거 알면서 왜 이런 데 올라가는 거야" 하고, 토
토에게 말하면서 등을 빌려주었다. 내려오기 편하게 엎드렸더
니, 툭 하고 토토는 내 등을 밟고 내려왔다. 이때 나는 별로 의
식하지 못했지만, 이것도 완전히 '얕보는 것'이다. 게다가 며칠
뒤에 남편에게 이 얘기를 했더니, "엉? 토토, 거기서 내려올 줄
알아"라고 했다. 그는 몇 번이나 보았다고 한다. 토토는 내가
'얕보는 것'을 이용하여 내려오지 못하는 척한 것 같다.

토토도 토토대로 우리를 얕보고 있다. 내가 가장 '얕보는
구나' 하고 생각할 때는 토토가 일부러 해서는 안 될 짓을 할
때다.

싱크대에 올라가면 야단맞는 걸 토토도 잘 알고 있고 평
소에는 올라가지 않는다. 하지만 무언가 마음에 들지 않는 일
이 있으면(깎기 싫은데 발톱을 깎았다, 얌전하게 잘 기다렸는데 닭가슴살
을 주지 않는다), 일부러 눈을 게슴츠레하게 뜨고 보고 있다. "자

아, 올라갑니다"라고 말하는 것처럼 보인다. 얏, 토토! 하고 주방에 들어간 시점에서, 토토는 태연히 싱크대에서 내려와서 다다다닥 침실로 숨는다. 아아, 얕보였다.

이 '얕봄'은 무시하거나 깎아내리는 기분과는 근본적으로 다르다.

어차피 토토는 토토니까 그럴 리가 없다. 이렇게 '어차피'가 강하다.

친구나 연인도 친하면 친할수록 아무 자각 없이 얕보게 될 때가 있다. 이를테면 치명적인 길치인 친구가 있다. 나도 역에서 도보 5분 장소에 가면서 30분 걸릴 때가 있지만, 이 친구를 보고 나는 길치가 아닐지도 모른다고 생각했을 정도다. 그녀를 포함해서 여럿이서 술을 마시기로 한 적이 있다. 가게에 도착하자마자 먼저 와 있던 사람에게 "걔는 누구랑 같이 와?" 하고 물었다. "아니. 그렇지만 지도 보냈으니까 괜찮아"라고 대답하기에, 나는 말했다. "지도가 있어도 무리야, 무리. 걔는 지도를 볼 줄 몰라. 분명히 못 찾아올 거야"라고. 그래서 그녀가 약속 시각 전에 도착하기라도 하면 깜짝 놀란다. "어떻게 왔어?" 묻기까지 한다. "어떻게라니? 지도, 간단하던걸." 그녀가 이렇게 대답하면, 배신당한 기분조차 든다.

이거야말로 '얕본 것'이 아니고 무엇이겠는가.

연애에서 얕보는 법은 좀 더 복잡하게 얽혀 있고, 오해나 착각도 섞인 것 같다. 교제하는 사람에게 예전의 내가 느낀 적이 많았던 '불쌍함'은 약함을 감지했을 때였다. 이 사람, 어른인데 이렇게 약해, 이렇게 물러, 등등 그런 느낌을 받았을 때 불쌍하다고 생각했다. 슬픈 일이 있어서 울고 있다고 약하다고 생각하는 게 아니다. 친구를 깎아내리거나 능청스럽게 거짓말을 하거나, 강한 척하는 태도 뒤에 얼핏 약함이 보일 때, "아아, 이 사람 불쌍하네"라고 생각했다. 그러나 물론 그건 연애에 흔히 있는 과신이거나 착각인 경우가 많다. 내가 없으면 이 사람은 안 돼, 내가 지켜주어야 헤, 하는 마음은 애초에 상대를 얕보는 데서 시작된 게 아닐까.

이 사람은 이런 나쁜 점이 있다. 이런 걸 못한다. 이런 게 서툴다. 따라서 이런 건 못할 게 분명하다. 친구이건 애인이건 거리가 가까워지면 아무래도 그런 점이 보인다.

그중에는 용서할 수 없는 것도 있다. 나는 해이한 관계가 질색이다. 시간에, 돈에, 여자에 해이한 것. 얕볼 수가 없다. 애인이라면 그런 것이 드러난 시점에서 헤어질 테고, 친구라면 슬며시 거리를 둔다.

그렇게 생각하니 용서하고 나서 비로소 얕보는 마음이 생기는 거로구나, 싶다. 이걸 못하네, 이게 서투네, '그렇지만' 괜찮아, 그런 것, 의 그 '그렇지만' 부분에서 생기는 마음.

만약 아무 자각 없이 남을 얕보았을 때, 연애가 연애로서, 우정이 우정으로서 성립했다면 내가 토토를 얕보고, 토토가 나를 얕볼 때 비로소 우리는 가족 같아지는 게 아닐까.

토토와 뛰고 놀다가 나도 토토도 운동신경이 둔해서 부딪힐 때가 종종 있다. 몸 크기로 보아 토토 쪽이 아프고 무서울 것이다. "아악, 미안, 미안, 토토. 부딪혀서 미안해." 엉겁결에 사과한다. 그렇지만 마음속으로 '어차피 토토는 노느라 정신 없어서 느끼지 못했을 거야, 왜냐하면 토토니까……' 하고 생각한다. 그리고 부딪힌 것을 화내지도 않고, 알아차리지도 못한 듯이 냐옹하고 계속 놀기를 요구하는 토토를 보고, "어차피 토토지……" 하고, 안도하기도 하고 어이없기도 하고, 그렇게 얕보는 기분이 드는 것이다.

식탁 모서리에서 자고 있던 토토

점점 머리가 처지고

추우우욱 피가 역류해~
(고양이도 코피가 나는가)

위에서 본 모습

나의
고양이 기원전,
B.C.(Before Cat) 시절

　　요전에 영화를 보는데 고양이가 나왔다.
"앗, 고양이!" 하고 무의식중에 와락 반가워했다. 어쩐지 그 고
양이가 풍경으로가 아니라, 스토리 속에서 의미 있는 존재로
등장한다는 걸 깨달았을 때 그 반가움은 더 커졌다.

　　그런데, 말이다. 그 고양이가 스토리 도중에 좀 고통스러
운 일을 당하게 된다.

　　나는 이때 또 무의식중에 분개하고, 분개하는 나 자신에
게 당황했다. 아, 잠깐, 잠깐. 끝까지 봐야 하잖아. 진정하고 마

지막까지 보았다.

마지막의 마지막에 고양이 에피소드는 살짝 뒤튼 느낌으로 사용됐다. 그것으로 고통스러운 일을 당한 고양이도 사실은 그렇게 고통스러운 게 아니었구나, 하고 안도했다. 이 영화를 찍은 사람의 고양이에 대한 경의랄까 배려랄까, 그런 것을 본 기분이 들었다.

다 보고 난 뒤, 나는 문득 내게 깜짝 놀랐다.

나는 고양이가 고통스러운 일을 당한 시점에서 이 영화의 평가를 뚝 낮추려고 한 것이다. 뭐야, 이 영화. 나는 절대로 좋다고 생각하지 않아. 남들한테 추천하지도 않을 거야.

그리고 마지막에 고통스러운 일을 당한 게 아닐지도 모른다고 생각했을 때, 시침 뚝 떼고 "와우, 좋은 영화 봤네!"라고 생각했다. "역시 이 감독, 너무 좋아!", "보길 잘했어!" 하고 속으로 찬양하며 그 후에 다른 사람들에게도 추천했다.

우리 집에 고양이가 오면서 여러 가지가 달라졌지만, 무엇보다 그런 식으로 나 자신이 크게 달라진 것을 실감했다. 혹은 내가 보는 세계가.

나의 고양이 기원전 B.C.(Before Cat) 시절, 작품은 작품으로, 고양이가 나오건 나오지 않건, 어떤 일을 당하건 평가와는 전혀 관계없었다. 그야 물론 고양이가 의미도 없이 힘든 일을 당하면 마음이 안 좋았고, 그 의미 없음에 평가는 낮아졌다. 그러나 그건 고양이에 한한 게 아니라, 개도 아이도 노인도, 아니, 일반 사람도 힘든 일을 당하면 보기 괴로웠다. 그 잔학함에 의미를 찾아낼 수 없으면 좋은 영화라고 생각하지 않았다. 다른 사람에게도 추천하지 않았다. 하지만 대부분 무언가 의미는 있어서 그 의미를 파악하면 "보기는 많이 괴로웠지만, 가치가 있는 영화야"라고 생각했다.

그런데 고양이 기원후, A.C.(After Cat). 전혀 그럴 생각이 없었는데, 나와 나의 세계는 바뀌었다.

고양이가 고통스러운 일을 당하면 나는 격노하고, 실망하고 절망한다. 이내 그 감정을 그대로 평가로 연결하려 하다, "아냐, 잠깐만, 잠깐만" 하고 이성이 등장하길 기다린다.

개라면 분명히 이렇지는 않을 것이다. 아이여도 이러지는 않을 것이다. B.C. 시절과 마찬가지로 개나 아이가 고통스러운 일을 당해도, 착한 사람이 고통스러운 일을 당할 때도 있는 것과 마찬가지, 이성의 등장을 기다릴 것까지도 없이 그 의미를 헤아리려 애쓰고, 의미가 있으면 오케이, 의미가 없으면 노, 라고 판단할 수 있다. 그런데 고양이는 안 된다. 고양이에 한해서는 이성이 말을 듣지 않는다. 먼저 자신을 진정시켜야만 한다.

그리고 나는 고교 시절의 어느 친구를 떠올렸다. 고등학생

때 '고양이'가 제목에 들어간 에세이집을 읽고 재미있어서 친구에게 빌려주었다. 며칠 뒤, 그걸 돌려주면서 친구가 말했다.

"나, 이거 쓴 사람은 좋은 주인이라고 생각할 수 없어. 이렇게 고양이를 죽게 하다니, 주인으로서 너무한 거 아닌가."

깜짝 놀랐다. 좋은 주인인지 어떤지 판단하는 책이 아닐 텐데? 나는 생각했다. "이렇게 고양이를 죽게 하다니"라고 그 아이는 표현했지만, 정확하게는 작가가 어린 시절부터 지금까지 키워온 고양이를 회상하는 에세이 몇 편 있을 뿐이었다. 30년, 40년 살다 보면 키우는 개와 새와 고양이의 죽음을 몇 번이고 맞게 될 텐데. 하지만 나는 그런 식으로 반론하지 않았다. 그 아이가 무언가에 분개했다는 것을 알았기 때문이다. 그 분개를 나는 공유할 수 없다는 것도. 마음속으로 "이 친구는 제대로(냉정하게) 책을 읽지 못하는 사람"이라고 단정하고, 책을 함부로 추천하지 않게 됐다.

그리고 몇 년 전의 일. 몇 년 전이라고 하지만, 아직 나는 B.C.기에 있었다.

모 신인문학상 심사 때 일이다. 후보작 중에 한 편, 의미도 없이 고양이를 괴롭히는 소설이 있었다. 그 부분이 너무 튀어서 나는 어떡하든 그 의미를 찾아보려고 했다. 그러나 몇 번을 읽어도, 아무리 읽어도, 그 부분에서 의미를 찾아내지 못하고

그저 '튀기' 위해서 고양이를 도구로 사용했다고밖에 생각할
수 없었다.

　다른 분들의 의견은 어떨까, 하고 선고회에 참석했더니, 한
위원이 "고양이를 고통스럽게 했다"라는 부분에 관해 엄청난
비판을 했다. 다른 위원들도 그 소설은 별로 칭찬하지 않았지
만, 그래도 다들 다른 시점에서 의견을 얘기했다. '고양이를 고
통스럽게 한 점'으로 의견을 전개하는 사람은 그 위원뿐이었다.

　물론 그 소설은 역부족이란 이유로 고양이와 관계없이 낙
선됐다. 하지만 그 후, 그 위원이 고양이를 키운다는 것을 알았
을 때, '만약 그 소설에서 고양이가 고통을 당하지 않았더라면,
평가가(낮다고 해도, 그래도) 조금은 달라졌을까?' 생각했다.

　고교 시절 친구도, 그 위원도, A.C.기의 사람들이어서라는
걸 지금이라면 이해한다. 고양이 여부에 따라 좋고 나쁨을 결
정하는 건 아니지만, 그래도 그 사람들에게는 문장 속의 고양
이도 다른 집의 과거의 고양이도 '살아 있는' 것이다. A.C.기와
B.C.기 사람은 그런 감각에서 서로 이해할 수 없는 부분이 있
다고 생각한다. 고교 시절의 내가 예감했듯이.

　A.C.기가 돼도, 나는 나 자신이나 세상 중 어느 쪽이, 혹은
양쪽이 변했다는 것을 의식하지 못했다. 고양이가 나오는 한
편의 영화를 보고 그제야 깨닫고, 그런 일들을 떠올린 것이다.

모든 고양이가, 가공의 고양이와 과거나 미래의 고양이를 포함하여, 평온하고 온화하게 살다 가기를 나도 모르게 바라고 있었다. 고양이가 고통스러운 일을 당하는 건 괴롭다. 그러고 보니 요전에 무라카미 하루키 씨의『해변의 카프카』를 다시 읽다가, 고양이가 고통스러운 일을 당하는 장면이 나와서 진심으로 무서웠다. B.C. 시절에 읽었을 때는 그 장면이 그리 무섭지 않았다. '고양이'가 단순한 문자로서의 고양이에 지나지 않았다. 그런데 지금은 '고양이'라고 쓰여 있으면 실체가 떠오른다. 무라카미 하루키 씨, 당신은 고양이를 좋아하는 사람이지 않았나요, 하고 떨면서 읽다가, 그 직후에 캐나다 노인이 고양이를 구하기 위해 한 일에 "나라도 그렇게 할 수밖에 없었을 거야" 하고 슬프게 이해했다.

B.C.기 시절에 읽은 우치다 햐켄 선생의『노라야』에 나오는 고양이도 그냥 '고양이'라는 글씨로, 없어진 고양이를 찾아 돌아다니는 햐켄 선생은 좀 음흉한 아저씨로만 생각했다. 오시마 유미코 씨의 작품,『솜나라 별』의 꼬마 고양이는 의인화하여 귀엽다고 생각했다.

A.C.기 시절에 다시 읽으며 이 둘 중 어느 작품에선가 나는 엉엉 울었다. 읽는 내내 울었다(스토리를 생각하니 이렇게 글을 쓰는 지금도 컴퓨터 화면이 눈물로 흐려진다). 고양이가 문자나 기호나 사람의

모습에서 실체를 가진 부드럽고 따뜻한 생물로 바뀐 것이다. 등장인물 중 한 사람처럼 생생하게 존재하게 된 것이다.

개 사진집보다 고양이 사진집 쪽이 월등히 잘 팔린다고 들은 적이 있다. 그렇게 얘기하는 사람에게, 왜요? 하고 물으니, "개를 키우는 사람은 자기 집 개(와 그 견종)만 좋아해요. 고양이를 키우는 사람은 온 세상 고양이를 좋아하죠"라고 했다. 개를 키우는 사람은 남의 집 개 사진 따위 그리 보고 싶어 하지 않는 것 같다. 고양이 집사들은 어디의 어떤 고양이든 굶은 듯이 보고 싶어 한다고 그 사람은 얘기했다. 확실히 개 사진집을 갖고 싶어 하는 사람은 개를 키우지 않는 사람일지도 모른다.

한 마리의 고양이는 전 세계의 고양이가 된다. 논픽션인 현재뿐만 아니라, 과거 미래의 픽션까지 포함한 전 세계다. 한 마리의 고양이로 인해 우리는 전 세계 고양이의 행복을 빌기에 이르렀다.

이미 눈치 챈 사람도 있겠지만, 나는 이제 학대하다, 죽이다, 같은 강하고 일방적인 말을 그 폭신폭신 보들보들한 아이들에게 사용하지 못한다. 신중하게 피하고 피해서 글을 쓴다. 한 마리의 고양이 때문에.

고작 한 마리의 고양이인데 그 위력은 엄청나구나, 하고 새삼 생각한다.

네가
나에게
와주었다

　　　　　우리 토토가 만화가 사이바라 리에코 씨 네 집에서 왔다는 얘기는 앞에서 썼다. 완전히 초면인 술자리에서 느닷없이 내게 고양이 키우고 싶어요? 하고 물었다. 나는 "네!" 하고 얼른 대답했다. 돌아와서 남편에게 고양이를 키워도 되겠냐고 물어보았다. 어릴 때부터 줄곧 고양이를 키웠던 남편은 나보다 기뻐했다.

　　　　그러고 일 년 반 뒤, 사이바라 씨 댁의 고양이는 새끼를 낳았고, 정말로 고양이가 우리 집에 오게 됐다.

고양이를 어디에서 데려왔냐고 물을 때마다 그런 식으로 대답하지만, 가끔 "어째서 사이바라 씨는 초면인데 고양이를 분양하겠다고 한 걸까?" 의문을 갖는 사람이 있다.

듣고 보니 그랬다.

20년 동안 팬이었던 나는, 사이바라 리에코 씨는 자기 만화처럼 엉뚱한 사람일 거라고 생각하고 있었다. 엉뚱한 사람이니 초면인 사람에게 고양이 키우고 싶어요? 하는 제안을 했을 거라고 단순하게 생각했다. 그런데 정말로 그런 걸까.

잘 생각해보니 고양이를 분양한다는 건 굉장한 일이다. 처음 만난 나라는 사람을 사이바라 씨는 전혀 몰랐을 터다. 그러니까 어쩌면 겉으로는 상냥해도 속으로는 엄청나게 잔인한 인간이어서 고양이를 괴롭힐 가능성도 있다. 생활 상태가 집사 실격일지도 모른다. 정이 너무 많아서 고양이가 먹으면 안 될 것을 자꾸 줄지도 모른다.

그런 것을 피하고자 고양이 입양 제도가 아주 엄격해졌다고 들은 적이 있다. 분양받을 사람과 면담을 하고 가정방문을 하고, 서약서를 쓰는 등……. 원래 키우는 고양이나 강아지가 있으면 실격이거나, 동거 가족이 없으면 실격(집사가 만약의 경우 돌봐줄 수 없다는 이유)이기도 하고, 장래에 반려동물 불가인 다세대 주택으로 이사할 가능성이 있는 경우도 안 된다. 그런 얘기도 들은 적이 있다.

물론 나는 내가 동물을 소홀히 할 사람이 아닌 건 알지만, 그래도 역시 고양이가 오기 전까지는 불안했다. 제대로 돌봐줄 수 있을까. 고양이가 나를 싫어하지 않을까. 키우다가 고양이 양육이 체질에 맞지 않는다는 걸 깨닫기라도 하면 어쩌지. 나도 불안한데 모르는 사람에게 고양이를 맡기는 사이바라 씨는 더 불안했을 것이다.

토토의 형제 고양이는 집사 경력이 있는 집에서 데리고 갔다. 줄곧 고양이를 키워왔고 지금도 키우는, 말하자면 고양이에 통달한 사람들이다. 남편은 집사 경력이 있지만, 나는 완전히 처음. 생각해보면 고양이 초보자여서 더 불안했을 것이다.

어쨌건 고양이는 왔고, 나를 싫어하지 않았고, 체질에 안 맞지도 않았고, 고양이가 있는 생활에 익숙해져갔다. 이렇게 함께 살아보니 토토가 고양이 같지가 않다. 고양이 모습을 빌린 무언가 다른 존재로 느껴진다. 한참 전부터 알고 있던, 만나기로 정해져 있던 특별한 무언가.

분명 토토가 고양이가 아니고 개여도, 새여도, 사람이어도, 어쩌면 나무여도, 나는 토토란 걸 바로 알아보고 지금과 마찬가지로 좋아했을 거라고 생각한 적도 있다. 무언가 힘든 일이 있을 때, 스트레스나 압박감에 슬금슬금 공격당할 때, 밥을

먹지 않은 척하고 집요하게 조르는 토토에게 토토, 우리 집에
와줘서 정말로 고마워, 하고 곧잘 말을 건다. 타인이 보면 좀
음산한 고양이 바보일 것이다.

　토토가 우리 집에 오고 3년 뒤, 사이바라 씨를 다시 만나
게 됐다. 많은 사람이 참가한 꽃놀이 자리에서 술을 마시며 토
토와 토토의 부모 이야기를 나누다가, 어째서 초면인 내게 고
양이를 주겠다고 말했을까, 갑자기 궁금해졌다. 한참동안 잊
고 있던 일이 문득 생각난 것이다.

　사이바라 씨와 처음 만났을 당시, 나는 아주 피폐한 상태
였다. 잘 풀리지 않는 일들이 거푸 생겼고, 용서하지도 못하고
잊지도 못하고 도무지 어떻게 할 수 없는 일들이 마음에 달라
붙어 있었다. 사람 따위 믿을까 보냐, 어차피 세상 그렇고 그
런 거지 뭐, 하고 삐치고 삐딱해진 상태였다. 그러나 사람이란
건 신기해서, 아무리 삐치고 삐딱해지고 피폐해 있어도, 분노
와 증오로 옴짝달싹 못 할 것 같아도 태연하게 날을 보낼 수 있
다. 내 경우는 밥을 하고, 먹고, 묵묵히 소설을 쓰고, 친구나 남
편과 술을 마시고 웃고 잘 잤다. 병은 마음에서부터, 라고 하지
만, 마음은 그랬지만, 나는 건강했다. 삐치고 삐딱해진 마음은
줄곧 마음속에 있을 뿐, 내 일이나 생활을 방해하지는 않았다.
거꾸로 생각하면 방해하지 않았기 때문에 사라지지 않고, 마

음에 달라붙어 있었을지도 모른다.

너무나 평범하게(게다가 때로는 즐겁게) 살아서, 나조차 내 마음에 자리 잡은 어두운 부분을 자각하지 않게 됐다. 마비됐다고 해도 좋을지 모른다. 그것이 있는 게 당연해졌다.

하물며 이날은 줄곧 팬이었던 만화가를 만나서 긴장도 했겠지만, 기쁨에 겨워 들떠 있었다.

그래도 사이바라 씨는 간파한 것이다. 나조차 의식하지 못하게 된, 나의 삐치고 삐딱해지고 분노로 옴짝달싹 못하고, 심한 불신에 빠진 부분을 알아차린 것이다. 그래서 고양이 얘기를 꺼내지 않았을까.

꽃놀이 자리에서 나는 문득 그런 사실을 깨닫고, 사이바라 씨에게 물었다. 그때 내게 고양이를 주겠다고 한 것은 취기가 아니라 내 상태가 안 좋아 보여서였어요? 하고. 사이바라 씨는 웃었다. 웃으며 그랬어, 라고 했다.

그때 나는 내가 탄 보트 바닥에 작은 구멍이 뚫린 것을 모르고, 아주 태연하게 소설을 쓰고, 아주 태연하게 친구들과 웃고, 아주 태연하게 식사를 준비하지 않았던가. 작은 구멍으로 서서히 물이 차서 보트가 가라앉고 있는 걸 나는 깨닫지 못했다. 물론 가라앉는 것은 타인도 세상도 아닌, 나다. 불신과 분노를 첩첩이 쌓아놓은 나 자신이다. 그걸 순식간에 파악한 사이바라 씨는 아마 반사적으로 구명조끼를 던진 게 아닐까. 처음 만난 당신이 어떤 사람인지는 모르겠다, 그러나 일단 그 보트에서 나와, 도망쳐. 그런 식으로.

물론 이때, 토토의 아빠와 엄마 고양이가 몇 마리의 새끼를 낳을지 몰랐다. 일곱 번째 태어난 아이가 있다면 그 아이를 주겠다는 약속이었지만, 과연 일곱 마리째가 태어날지 어쩔지 몰랐다. 사이바라 씨도 몰랐을 것이다. 그래도 일단 던져주었다. 구명 도구가 될 말을.

4년 전, 무사히 태어난 일곱 번째 작은 생물을, 나는 나를 구할 무엇인가일 줄은 꿈에도 생각하지 못하고, 집으로 데리고 왔다. 그 생물은 전혀 울지 않았고, 화장실에서 볼일도 보고, 마치 정해져 있었던 것처럼 내 손등에 작은 머리를 기대고 잤다. 나는 나 자신이 그것에 구원받고 있다는 것도 모르고, 화장실 청소를 하고, 병원에 데려가고, 마구 뛰어다니며 놀이 상대를 해주고, 약을 먹이고, 같이 자고, 이 아이가 없어지면 어떡하지 하고 남편과 얘기하며 눈물을 글썽거렸다. 구원받고 있다고 생각한 적도 없었다.

그 꽃놀이 후에 나는 악몽을 꾸고 땀에 흠뻑 젖어서 깼다. 눈앞에 사람하고 똑같은 자세로 길게 누워서 이불 위에 자는 토토가 있었다. 너무나 사람 같아서 웃음이 났다. 아, 꿈이란 걸 깨달았다. 현실로 돌아왔다고 생각했다. 그리고 나는 확신했다. 확실히 나는 이 생물에게 구원을 받았다. 아니, 지금도 구원받고 있다. 힐링이란 말과는 전혀 다르다. 따듯하고 귀여운 존재로 인해 마음이 평온해지고 치유된 것도 아니다. 그때 가졌던 피폐한 마음이 토토의 출현으로 전부 사라지고, 마음이 새하얀 사람이 되지도 않았다. 나는 여전히 삐쳐 있고, 분노와 불신이 없어졌다고는 할 수 없지만, 그래도 그런 것에서부터 도망칠 곳이 생겼다.

나보다 힘없는 생물의 생명을 걱정하고, 배설을 돌보고, 약을 짓고, 체중을 재고, 나는 조금도 즐겁지 않은 놀이 상대를 끝없이 해주는 것으로 도망친 듯이 느끼는 것이다. 토토가 개여도 새여도 좋아했을 거라고 생각하는 것은 그럴 때다. 내가 나를 구원하기 위해서는 나 이외의 무엇인가가 필요했다.

남편에게 토토는 전혀 다른 존재일 것이다. 나와 토토가 그렇듯이 남편과 토토에게는 그 둘만의 관계가 있고 운명이 있다. 그런 생각도 하게 됐다.

아침에 답답함을 느끼고 눈을 뜨면 토토가 내 가슴에 올라와 있다. 윤기 나는 코가 눈앞에 있다. 왜 올라온 거야, 무거워…… 하고 불평하면서 역시 마음 한편으로 생각한다. 우리 집에 와주어서 고마워. 나를 만나주어서 고마워.

에필로그

너는
그런 생각하지 않을지도 모르지만

조그밓고 보들보들한 생물이 우리 집에 온 지 4년이 지났다. 고양이는 토토라는 이름이 생겼고 지금은 약 4킬로그램 남짓한 성묘가 됐다. 고양이가 집에 있다는 사실에 일일이 놀라고, 줄곧 생각하던 이미지와 다른 데 놀라던 나도 이제 꽤 익숙해졌다. 고양이, 아니, 토토라는 생물에 관해 조금씩 이해하기 시작했다. 그래도 아직 신기하게 생각할 때가 있다. 이 보들보들한 생물은 대체 무엇일까? 고양이라는 동물이 아니라, 고양이 모양을 한 무언가 더 특별한 것이 아닐까.

그렇게 생각하는 이유 중 하나로 토토가 너무나 사람 같은 탓도 있다. 무엇을 원하는지 알기 쉽다. 토토의 표정을 보고 있으면 말이 떠오른다. 삐쳤구나, 풀이 죽었구나, 좀 기쁘구나, 의심하는구나, 그런 미묘한 기분까지 전해진다. 그리고 토토는 동료 의식이 강하다. 상태가 안 좋아진 청소기를 살펴보거나 공기청정기 필터를 갈거나, 창호지를 다시 바르거나, 남편과 둘이 해야 하는 작업을 시작하면, 어디서 자고 있다가도 부스스 일어나서 신묘한 얼굴로 한복판에 앉는다. 마치 일가가 총출동하여 집안 문제를 해결하는 것처럼.

식탁에는 식탁 매트가 두 장 깔려 있다. 둘 중 한쪽이 부재중일 때, 토토는 부재중인 사람 매트 위에 오도카니 앉아 있다. 마치 부재중인 사람 역할을 하듯이. 둘 다 있고, 식탁에서 얘기에 빠져 있을 때는 식탁 매트가 아니라 두 사람 모두의 시야에 들어오는 한복판에서 식빵을 하고, 이야기에 한 자리 차지하는 얼굴을 하고 있다. 어느 날, 문득 생각나서 식탁 매트를 세 장 준비했다. 우리 부부+토토 전용 매트다. 매트를 깔았더니, 토토는 자기를 위해 준비한 매트에 달랑 앉는 게 아닌가. 물론 식탁 매트는 깔개가 아니었지만, 저녁 식사 후, 토토는 자기 매트에서 식빵을 하고 얘기에 끼었다.

앞으로 식탁 매트를 살 때는 세 장을 사야겠네, 생각하다 문득 깨닫는다. 토토는 대체 무엇일까……. 이럴 때 신기한 기분이 든다.

토토가 막 왔을 무렵, 친구들과 후지 산에 올라갔다. 상상 이상으로 힘들고 고된 등산이어서 몇 번이고 좌절했다. 나는 대체 뭘 하는 걸까, 허무하면서도 한심한 기분이 들어, 고행이라고 생각하자고 마음먹었다. 이 고행을 견디면 무언가 좋은 일이 생길 거라고 생각하며 올라가자. 그렇게 마음먹고, 자, 그럼 무언가 좋은 일이란 어떤 일일까, 생각했다. 순간 떠오른 것은 내가 아니라 토토의 일이었다.

토토 심장에 지병이 있다는 걸 알았을 무렵이었다. 토토 심장이 좋아지게 해주세요. 토토 심장이 좋아지게 해주세요. 토토가 오래 살게 해주세요. 그렇게 해주신다면 아무리 힘들어도 올라가겠습니다.

누가 억지로 올라가라 한 것도 아니고 자의로 올라가놓고 고행한 대신 소원을 비는 것은 뻔뻔하지만, 이때는 그런 생각도 나지 않고, 그저 토토만 생각하며 한 걸음 한 걸음 심야의 산을 올라갔다.

정상에는 신사(神社)가 있었다. 후들거리는 다리로 참배하고, 피로와 고통으로 몽롱해 하면서 오로지 기도했다. 토토 심장이 좋아지게 해주세요. 토토가 건강하게 오래 살게 해주세요.

그때 일을 생각하면 또 신기한 기분이 든다. 같이 사는 동물의 건강과 장수를 기도하기, 이건 누구나 그럴 것이다. 내가 신기하게 생각한 것은 그 생물을 위해 기도하며 고통을 견딜 수 있었다는 것이다. 더 정확하게 말하자면 고통을 이겨내기 위해 생물을 생각하고 기도한 것, 그렇게 함으로써 구원을 받은 것이다.

보통, 수동형과 능동형은 상호 관계에 있다. 나는 그를 응원했다, 라는 것과 그는 내게 응원을 받았다, 는 것은 같은 뜻이다. 하지만 함께 사는 생물과 내 경우는 그렇게 되지 않는다. 그저 거기에 있을 뿐. 함께 살고 있을 뿐. 그들은 우리를 구원하겠다는 생각 따위 하지 않는데, 우리는 구원받고 있다.

그런 식으로 생각하니 점점 토토는 무엇인가 하고 신기한 마음이 든다. 보들보들한 털 속에는 사람도 동물도 아닌, 아주 신성하고 성스럽고, 동시에 세속적이고 단순하고 약한, 무언가가 있는 게 아닐까. 혹시 토토의 수명이 다한다고 해도 그 무언가는 사라지지 않고 이곳으로 돌아와서 또 무언가의 형태를 빌려서 나타나는 게 아닐까. 나는 전부터 영혼이란 걸 막연히 믿었지만, 이 작은 생물이 온 뒤로 또 다른 의미로 그것을 믿게 됐다.

나의 B.C.(Before Cat)기와 A.C.(After Cat)기는 전혀 다른 세계가 돼버렸다. 고양이란 무엇인지 모르겠지만, 그러나 어쨌든 굉장한 존재라는 사실은 절실히 느꼈다.

가쿠다 미쓰요

사람과 사는 동물은
자기가 좋아하는 칭찬이 있는 것 같다.

"굉장한 미인"
이라는 말을 듣고 기뻐하는 고양이도 있고
"정말로 머리가 좋네"라는 말이
기쁜 개도 있을 것이다.
친구네 고양이는 털을 칭찬해주면
자랑스러운 듯한 모습이 된다.

나도 여러 가지 시도해 보았지만
"우리 토토 착하네,
세상에서
토토만큼 착한 아이는 없을 거야."
라고 하면,
토토는 좀 황홀한 표정이 됩니다.
(이건 빈말이 아니라, 토토는 정말로 착해.)

국립중앙도서관 출판예정도서목록(CIP)

이제 고양이와 살기 이전의 나로 돌아갈 수 없다 / 지은이:
가쿠다 미쓰요 ; 옮긴이: 권남희. -- 고양 : 위즈덤하우스
미디어그룹, 2018
  p. ; cm

원표제: 今日も一日きみを見てた
원저자명: 角田光代
일본어 원작을 한국어로 번역
ISBN 979-11-6220-749-9 03830 : ₩13800

일본 문학[日本文學]
수기(글)[手記]

838-KDC6
895.686-DDC23   CIP2018022994

이제 고양이와 살기 이전의 나로 돌아갈 수 없다

초판 1쇄 인쇄 2018년 8월 13일 초판 1쇄 발행 2018년 8월 21일

지은이 가쿠다 미쓰요 옮긴이 권남희
펴낸이 연준혁

출판1본부 이사 김은주
출판1분사 분사장 한수미
책임편집 위윤녕 디자인 함지현

펴낸곳 (주)위즈덤하우스 미디어그룹 출판등록 2000년 5월 23일 제13-1071호
주소 경기도 고양시 일산동구 정발산로 43-20 센트럴프라자 6층
전화 031)936-4000 팩스 031)903-3891 홈페이지 www.wisdomhouse.co.kr

값 13,800원
ISBN 979-11-6220-749-9 03830